옆집에 사는 제자와
결혼하고 싶은데,
want to marry
my student
who lives next door,
and how can I get
OK?
Presented by RYO ENDO
엔도 료
어떻게 해야
OK를 받을 수 있을까요?
Illust.
사사모리 토모에
1

호리우치 마미

미츠키의 동료인
미술 교사.
미츠키와는 대학
때부터 친구고,
뭐든지 얘기하는
사이.

평범교사
모드

미쿠리야 미츠키

치사토의 담임이자
지구과학 교사.
학교에서는 안경을
쓰고 흰 가운을 입은
수수한 차림새.

후지모토 치사토
사정상 자취를
시작한 고등학생.
입학하자마자
미츠키한테 고백을
받는데……?

우시쿠 하루코
치사토의 같은 반
친구. 신문부에
들어가서 매일
기삿거리를 찾고
있다.

"후지모토 군~!!"

미츠키 씨가 울먹이며 뛰쳐나왔다.

"무슨 일이…… 으악?!"

내 팔에 매달린 미츠키 씨의 차림새를 보고,
정신이 나갈 뻔했다.
위아래를 세트로 맞춘 핑크색 란제리.
다시 말해 속옷 차림이었다.

문 너머에서 찰칵찰칵
열쇠 돌리는 소리가 나더니,
미츠키 씨가 문을 열었다.

미쿠리야 미츠키

데이트하러 갈 때는
가슴이 크게 파인 옷.
안경도 벗고
찰랑찰랑한 생머리로.

미쿠리야 미츠키
집에서는 낡은
스웨터와 검은 뿔테
안경. 머리는 대충
땋은 시원찮은 인상.

CONTENTS

옆집에 사는 제자와
결혼하고 싶은데,

어떻게 해야
OK를 받을 수 있을까요?

본문, 컬러일러스트 사사모리 토모에

프롤로그 🧪

"저와 결혼해주세요!"

고등학교에 입학하자마자, 나, 후지모토 치사토는 이성에게 프러포즈를 받았다.

충격. 그리고 약간 뒤늦게 끓어오르는 기쁨.

여자한테 고백을 받으면 기쁠 것 같다고 생각은 했지만, 실제로 받아보니 생각했던 것보다 훨씬 기뻤다. 기뻐서, 너무나 행복해서, 왠지 무적이 된 기분이다. 괜히 자신이 넘쳐나고 저절로 웃음이 흘러나올 것 같다.

하지만, 진정하자, 나.

입학식이 끝나고 반 지정과 담임선생님이 발표된 지 아직 몇 시간밖에 안 됐다.

거기서 발표된 우리 반 담임선생님은 미쿠리야 미츠키 선생님이라는 흰 가운을 걸친 젊은 여성…… 이라고 하면 남자 고등학생의 사춘기적인 요소에 호소하는 것 같지만, 실제로는 대충 예상에 어긋난다고 할까 예상대로라고 할까, 안경을 쓰고 머리는 대충 묶은 수수한 분위기의 여성이었다.

아직 20대 중반 정도로 보이는데 외모도 말투도 생기가 없다. 솔직히 말해서 너무 밋밋하다.

참고로 그 수수한 담임인 미쿠리야 선생님의 담당 과목은 지구과학.

3

지층이나 화석, 우주를 다룬다. 하지만 지명도는 생물, 화학, 물리와 비교해서 시시한 편이다.

입학식을 마치고 교실로 이동해서 차례로 자기소개. 무난하게 넘긴 것 같다.

작은 소리로 말하는 담임선생님의 오리엔테이션을 마지막으로 고등학교 생활의 첫날이 끝.

가까운 자리 애들과 얘기라도 할까 했더니 담임선생님이 "후지모토 군, 잠깐 남아주세요"라면서 학생 지도실로 호출했다.

오늘 처음 만난 반 친구들이 술렁댔지만, 내 마음속이야말로 제일 술렁대고 있었다.

대체 내가 무슨 짓을 저질렀다는 거지. 짚이는 게 하나도 없는데. 있다고 해봤자 고등학교에 입학하면서 부모님과 떨어져서 자취를 시작한 정도인데…….

그렇게 어두운 상상력을 열심히 동원하고 있었는데, 그 수수한 담임선생님은 학생 지도실에서, 거기에 단둘이 있는 상황에, 얼굴이 새빨개져서는 나와 마주 앉아 있다.

즉, 조금 전의 프러포즈를, 나한테 강속구로 던진 장본인이다.

"저기, 후지모토 군?"

눈앞에 있는 미쿠리야 선생님이 걱정하는 표정으로 날 쳐다봤다.

그 표정도 목소리도, 교실에서 교단에 서 있던 때의 무표정하고 수수한 사람하고 전혀 달랐다.

정말 어리게, 1년이나 2년 선배 여고생 정도로 보였다.

계속 쳐다보자── 가슴 부분이 강조되는 자세가 되고 말았다. 미쿠리야 선생님, 사실은 훨씬 어른이지…….

미쿠리야 선생님은 사회인이고 선생님이 된 지도 몇 년. 나보다 열 살 정도는 나이가 많다.

다시 정리하자면── 나는 우리 학교 우리 반 담임선생님, 미쿠리야 선생님한테 청혼을 받았다.

……어쩌다 이렇게 됐지?

내 입으로 말하기는 그렇지만, 난 딱히 특징이 없는 편이라고 생각한다.

그렇게 잘생긴 것도 아니고, 운동을 잘하는 것도 아니고.

사실은 어떤 부잣집 도련님이고 부모님이 멋대로 정한 약혼녀가 있는 것도 아니다.

아쉽게도 오늘 처음 만난 여성 교사한테 고백을 받을 요소라고는 찾아볼 수도 없는데.

"저기요, 선생님─?"

"예……" 하고, 미쿠리야 선생님이 고백의 답변을 기다리는 공주님처럼 대답했다.

미쿠리야 선생님의 피부가 하얗고 고운 얼굴이 새빨갛게 물들어 있다.

예쁜 눈썹은 불안한 것처럼 약간 처져 있고, 눈에는 눈물이 글썽인다. 굳게 다문 얇은 입술은 살짝 떨리고. 단정한 코와 부드러워 보이는 볼의 라인. 이렇게 가까이에서 보니 정말 아름다워서 마음이 흔들린다.

오랫동안 동경해온 남성에게 사랑의 고백을 한 아가씨 그 자체.

게다가 지금 미쿠리야 선생님이 나한테 한 말은 사랑 고백이 아니다.

그걸 넘어서, 갑자기 청혼한 것이다.

"어째서, 전가요?"

왠지 얼빠진 질문이 되고 말았다. 목이 바짝 마를 정도로 긴장해서, 그런 말밖에 나오질 않았다.

"그건── 네가 내 왕자님이니까."

그렇게 말하고, 미쿠리야 선생님의 얼굴이 더 새빨개졌다.

뭐야 이거.

아무리 봐도 조금 전까지의 수수한 선생님이 아닌 것 같은데.

엄청나게 귀엽거든요?

하지만……"

"전, 아무리 봐도 왕자님이 아닌 것 같은데요"라고 말하고 헛기침을 했지만, "아니야!"라고 바로 부정했다.

안경을 쓴 미쿠리야 선생님의 얼굴이 시야를 가득 채울 정도로 다가왔다.

선생님의 커다란 가슴이 두 팔 사이에 끼자 답답해 보이면서도 그 크기가 유난히 강조됐다. 하나로 묶은 머리카락이 흔들리면서 의외일 정도로 부드러운 향기가 났다.

"서, 선생님?"

"넌, 정말, 귀여워……!"

왠지 울 때까지 계속 때리는 사람 같은 말투다.

고백이라기보다는 결투 같은 분위기가 됐다.

"고, 고맙습니다." 어째선지 그런 말이 입에서 튀어나왔다.

"피부도 하얗고, 눈동자도 크고, 속눈썹이 길고, 머리카락은 살랑살랑하고……!"

"되게 창피한데요."

"미, 미안해. 하지만, 그런 네가 정말 존귀해."

"조, 존귀할 정도인가요?"

우리 사이에 있는 긴 탁자를 넘어올 기세로 몸을 내밀고 있는 미쿠리야 선생님.

너무나 강렬한 말에 움츠러든 나.

"응. 최고! 최강! 후지모토 센리 군."

"센리?" 잠깐 찬바람이 분 기분이 들었다. "아…… 제 이름, 『치사토』라고 읽는데요."

프러포즈를 받았으면서도 이름을 완전히 잘못 불린 내 기분을 30자 이내로 설명해보세요.

미쿠리야 선생님은 그런 내 심경을 말하는 대신, 굴러떨어질 기세로 의자에서 내려와 무릎을 꿇었다.

"미안해, 미안해요! 긴장해서 그래요!"

"아, 괜찮아요. 가끔씩 틀리니까."

조금 전 교실에서 부를 때는 성만 불렀으니까.

"틀리지 않으려고 마음속에서 계속 연습했는데, 갑자기 가수 오오에 센리 생각이 났거든. 가수 오오에 센리가 아니라, 백인일수의 오오에노 치사토 쪽이었구나. 일생일대의 실수야……."

"백인일수의 오오에노 치사토는 아는데, 가수 오오에 센리는……?"*

"뭐? 혹시, 몰라……?"

"예, 모르는데요."

아주 솔직하게 대답했는데, 미쿠리야 선생님의 얼굴이 굳어졌다.

"나, 나도 실시간으로 보고 자란 세대는 아니거든?! 그래도 옛날 노래 나오는 TV 프로그램 같은데서 보고──."

"아, 그렇구나. 그래서 부속 중학교 시절에 아버지 세대 선생님들이 자주 틀렸나 보네요."

나한테는 아주 평범한 느낌이지만, 미쿠리야 선생님은 더 큰 대미지를 입었다. 엄청나게. 자기 스마트폰을 꺼내더니 뭔가를 검색했고, 그리고는 쓰러졌다.

"──벌써 10년도 전에 재즈 피아니스트로 전향했네. 후지모토 군이 모르는 것도 당연한 일이야. 이게 세대 차이……."

"저기요, 선생님? 괜찮으세요?"

갑자기 선생님이 부활하더니 몸을 내 쪽으로 들이댔다.

"넌 정말 존귀해! 최고야! 최강이야! 후지모토 치사토 군!"

"아무 일도 없었다는 것처럼 다시 했잖아?!"

"이름을 잘못 불러? 세대 차이? 글쎄, 그게 무슨 일이지."

---

* 두 사람 모두 한자는 大江千里로 같지만 읽는 방법이 다릅니다.

휘파람 부는 척까지 하면서 잡아떼고 있다.

덕분에 기분이 많이 진정됐다.

15년 정도 살아오면서 들어온 칭찬의 총량을 훨씬 뛰어넘는 말을 듣고서 마음이 들뜨려고 하는 걸 꾹 참으며, 굳이 물어봤다.

"오늘 이 학교에서 처음 봤는데, 갑자기 프러포즈인가요?"

이제야 하고 싶었던 말을 했다.

순간, 미쿠리야 선생님이 얼어붙었다.

물어보면 안 되는 말이었나.

하지만 물어보지 않을 수도 없잖아.

얼어붙은 미쿠리야 선생님이 털썩, 하고 의자에 앉았다. 그 탓에 가운 속에 있는 가슴이 크게 흔들렸다.

"그, 그래야지. 프러포즈하기 전에 할 일이 있지."

"그렇겠죠. 하하, 하하하──."

감정이라고는 하나도 없는 웃음.

미쿠리야 선생님은 심호흡을 반복했다. 그럴 때마다 가슴이 크게 부풀어 오른다. 선생님은 어째선지 계속 가슴을 두드리더니.

"그러니까, 후지모토 군. 저는, 당신을, 조, 좋──."

"…………."

엄청난 긴장. 머릿속 한 구석에서는 학생 지도실에서 대체 뭘 하고 있는 건가, 하는 묘하게 차가운 감정도 자리 잡고 있었다. 억지로라도 냉정해지려고 생각했다.

"조, 좋── 안 돼! 『좋아해』라는 말을 못 하겠어!"

"지금 했잖아요?!"

엄청나게 똑똑히!

그렇게 딴죽을 걸었지만 반쯤 착란상태에 빠진 선생님 귀에는 전해지지 않았다. 지금 미쿠리야 선생님 얼굴은 완전히 삶은 문어 같은 색이다.

"다, 다."

어째선지 「조」에서 「다」로 변했다.

"『다』?"

"다, 달이 아름답네요……!"

"달, 말인가요. 지금은 대낮인데."

내 대답에 미쿠리야 선생님이 전율했다.

"『달이 아름답네요』라는 건 그 문호 나츠메 소세키가 'I love you'를 옮긴 표현이라고 전해지는 훌륭한 말인데?! 요즘 학생들은 나츠메 소세키도 안 읽는 거야?! 대답하는 방법에는 여러 가지 설이 있지만, 『죽어도 좋아요』가 가장 로맨틱하다고 생각해!"

"선생님?" 이런 고백을 하고 싶은 건가?

"앗?! 혹시 이것도 세대 차이……."

"그러니까, 한마디로 선생님은 저한테 'I love you'라고……?"

물으면서 얼굴이 빨개졌다. 미쿠리야 선생님을 볼 수가 없다.

조금 지나서, 미쿠리야 선생님이 작은 목소리로 대답했다.

"예, 예에——."

선생님이 꼬물거리고 있다. 동작이 하나하나 귀엽다니까.

달콤하고 답답한 침묵.

운동장에서 떠들썩한 소리가 들려온다.

누군가가 복도에서 뛰어가고 있다.

"저, 저기, 선생님."

"예!"

"선생님 마음은 그러니까, 알겠, 습니다. 하지만 뭐랄까, 왜 하필 저인지 모르겠거든요."

"그건, 너에 대해서 여러 가지를 알고 있기 때문이야!"

미쿠리야 선생님이 활짝 웃었다.

"여러 가지, 말인가요."

"그저께 토요일, 집에서 조금 떨어진 데 위치한, 라멘 집만 열 곳 정도가 줄지어 있는 라멘 골목에서 점심을 먹었지? 처음에는 돈코츠 라멘이었지만 조금 부족했는지 쇼유 라멘 가게로 또 들어 갔고. 말라보이면서 의외로 많이 먹네. 한참 클 나이니까 그게 좋을 것 같아."

"예?"

"그리고 근처 서점에 가서 라이트노벨이랑 만화 코너를 구경했고."

"뭐요?"

"그 뒤에 그라비아 언니 사진집을 슬쩍슬쩍 봤지."

"윽?!"

"서, 선생님은, 그런 건 고등학생한테는 아직 이르다고 생각하거든. 물론 남자니까 어쩔 수 없는 일이겠지만."

"봐, 봤던 건 그 옆에 있던 평범한 잡지거든요!"

그리고 라멘 집을 두 군데나 갔던 건 아침부터 아무것도 안 먹어서 배가 고팠기 때문이고, 항상 그러는 건 아니다.

"너에 대해서 잘 관찰했어. 그래서 단순한 충동이거나 일시적으로 정신이 나가서 이러는 게 아니거든?"

"그 전에 꽤 심한 스토킹 행위를 하시지 않았나요?"

"아, 아니거든?! 사랑이거든?!"

안경을 슥 치켜 올리고 가슴을 펴는 미쿠리야 선생님. 스토커 맞네.

……어라? 뭐지, 왠지 모를 기시감이──.

나는 이 감각의 출처를 찾아봤다. 왠지 아주 가까운 곳에서 느껴지는데…….

그 '가까운'은 시간적으로도 최근이지만, 거리적인 의미도 있다.

나는 고등학교 입학을 계기로 부모님 곁을 떠나서 혼자 자취하고 있다. 그래서 부모님 댁 가까운 곳 사람, 이라는 느낌은 아니다.

자취를 시작한 이유는 아버지가 재혼을 했기 때문이다.

내 어머니는 내가 중학교 1학년 때 병으로 돌아가셨다. 얼마 지나지 않아서 아버지가 재혼했고, 새어머니가 생겼다. 거기서 끝나면 다행인데 새어머니한테 딸, 즉 의붓동생까지 있는 것이다. 그런 상황 때문에 최근 몇 년 동안 불편한 심정으로 살아왔다.

지금 내가 혼자서 살고 있는 아파트 옆집에는 이런 말 하기는 좀 그렇지만, 상당히 촌스러운 여성이 살고 있다. 위아래가 전부 낡은 스웨트 차림. 렌즈가 두꺼운 안경에 대충 땋은 머리, 게다가 고개까지 푹 숙이고 다녀서 얼굴을 제대로 본 적이 없다.

아직 이사 온 지 일주일 정도밖에 안 돼서 그럴 수도 있지만, 인사도 건성건성. 게다가 '안녕하세요'라고 말을 걸었더니 후다닥 도망쳤다. 그게 소위 말하는 '건어물녀'인지도 모르겠지만…… 내가 자취를 시작하면서 만난 이웃분이라고는 그 사람뿐이다.

그렇다면.

"──혹시, 제 옆집 분?"

"뜨끔?!"

"맞아. 생각해보니 그저께 라멘 골목에서도 그 사람을 봤고, 서점에서도 봤었지."

"아, 아, 아……."

"선생님, 혹시."

"힉?!"

"그 사람이랑 친구인가요?"

그렇게 질문하자 선생님의 거동이 더욱 수상해졌다.

"저기, 그게, 친구라고 할까, 살고 있다고 할까……."

"으에에에에에?!"

엄청 큰 소리를 냈다.

"선생님, 제 옆집에 살아요?!"

"부끄럽지만──."

미쿠리야 선생님이 얼굴이 새빨개져서 고개를 숙이고 말았다. 하지만 나야말로 창피하다. 빨래도 밖에다 널어놓고 있는데. 여성 담임선생님이 내 팬티를 봤을 가능성이 있다고 생각하니 엄청

창피하다.

"정말요? 쓰레기장에서 봤던 그 건어물녀가 미쿠리야 선생님하고 같이 사는 사람인 줄은 몰랐네요. 아, 그런데 거기 투 룸 구조니까 선생님하고 그분이 살아도 별문제는 없겠네요."

"뭐? 아니, 잠깐만."

"그럼 그분은 선생님 친척인가요? 요새는 룸 셰어 같은 것도 많이 하니까, 모르는 사람일 수도 있겠지만."

"후지모토군, 저기 말이야?"

"어라? 그리고 보니까, 옆집에 또 한 분이 살지 않던가요?"

"뭐? 또 한 사람?"

베란다에서 빨래를 널다가 옆집 분과 눈이 마주친 적이 있었다.

하지만 그분은 쓰레기장에서 만났던 '건어물녀'하고 또 다른, 몸매가 좋은 어른 여성이었다. 화장도 예쁘게 했고, 뭐랄까, 생긋 웃어주면 정신이 헤롱헤롱 해버릴 정도로 미인이었다.

"어라? 그렇게 되면 그 두 평이랑 세 평짜리 방이 하나씩 있는 투 룸 아파트에서 세 명이 산다는 게 되는데……. 너무 좁지 않나요?"

그렇게 묻자, 미쿠리야 선생님이 뭔가 결심한 표정을 지었다.

"베란다에서 눈이 마주쳤다는 사람, 이런 얼굴 아니었어?"

선생님이 안경을 벗었다.

그리고 대충 하나로 묶어놓은 머리도 풀었다.

비단처럼 윤이 나는 아름다운 검은 머리가 펼쳐졌다. 살며시,

좋은 향기가 내 코를 간질였다.

안경을 벗은 미쿠리야 선생님은 정말 예뻤고── 어디서 본 얼굴이었다.

"어? 혹시."

그리고 미쿠리야 선생님은 자기 셔츠 단추를 세 번째까지 풀고 앞섶을 벌렸다. 상체를 비스듬하게 앞으로 내밀어서 깊은 가슴골 계곡도 보여주고.

지금까지 쓰고 있던 수수한 선생님의 가면을 벗어던진 것처럼 고혹적인 미소를 지으며 날 바라보고 있다. 살짝 입술을 훑는 분홍색 혀를 보고 가슴이 두근.

"우후후. 베란다에서 봤을 때, 네 뜨거운 시선이 내 가슴 쪽으로 향한 걸 다 알고 있거든."

"미, 미쿠리야 선생님?"

"미츠키라고 불러도 돼."

목소리 톤까지 살짝 낮아졌다.

누구야 이 요염한 미녀는.

미쿠리야 선생님이라는 건 알고 있다.

하지만 눈앞의 미녀는 베란다에서 눈이 마주쳤던 나이스 바디에 초절 미인이고⋯⋯.

"어? 옆집 초절미인이 미쿠리야 선생님이었어요?"

오늘 벌써 몇 번째인지 모를 깜짝 놀란 목소리가 튀어나왔다.

"호냐아아아아! 세, 세상에, '초절미인'이라고 하면 너무 창피하잖아!"

초절미인 미쿠리야 선생님이 좀 전까지의 목소리로 돌아와서 허둥대고 있다.

덤이라고 하기는 그렇지만, 엄청난 사실을 깨닫고 말았다.

"혹시나 싶어서 하는 말인데요, 쓰레기장에서 만났던 위아래에 스웨트를 입은 수상한 사람도 선생님이었다는 건, 아무래도──."

"뜨끄음?!"

노골적으로 동요하는 선생님. 이번엔 나도 놀랐다.

"옆집에 세 분이 같이 사는 게 아니라, 한 사람만 사는 거예요? 그것도 선생님 혼자서?!"

마치 2시간짜리 드라마의 재판 장면에서 검사가 결정적인 물증을 제시했을 때의 피고인처럼, 미쿠리야 선생님이 눈물을 뚝뚝 흘렸다.

"훌쩍…… 후지모토 군이 '건어물녀'라고 했어…….."

"아~ 저기요, 그건 실수였어요. 사과할게요. 죄송해요."

겉모습은 초절미인 모드인데, 수수한 선생님 스타일로 훌쩍훌쩍 울고 있다. 미쿠리야 선생님은 울면서 안경을 쓰고 머리를 묶고는 천천히 가슴의 단추를 잠갔다.

완전히 원래의 수수한 여성 교사 미쿠리야 선생님으로 돌아왔다.

"다녀왔어."

"다녀오셨어요."

초절미인 모드가 정말 대단하기는 하지만 이쪽이 마음이 놓이네.

"나, 사생활에서는 기본적으로 그러고 지내거든. 쓰레기장에서 너랑 만났을 때 정말 꼴사납다고 하는 건 아닌가 하고 정말 가슴이 두근거렸거든. 그런데 넌 나한테 웃으면서 인사를 해줬어."

"그야 뭐, 이웃이니까."

"정말 멋진 웃는 얼굴이었어. 넌 나의 태양, 그야말로 '운명의 사람'이라고 생각했어."

"너무 거창하네요" 엄청나게 쑥스럽다.

"그러니까── 부탁이야. 결혼해줘!"

"그게 너무 저돌적이라는 거예요!"

"라멘 두 그릇도 그라비아 사진집 취향도, 내가 다 받아들일 테니까!"

"겨우 그런 걸로 절 받아들이지 마실래요?!"

"하지만 넌 누나 모드의 매혹적인 바디에 흥미진진했었잖아?!"

"어흑?!" 이상한 소리가 나오고 말았다. 하긴, 그런 흉악한 걸 보면 건전한 남자로서…… 가 아니라!

"무슨 다른 문제라도 있어?" 눈물을 글썽이면서 고개를 갸웃거리는 미쿠리야 선생님. 위험해. 귀여워.

"결혼이라고 하셨는데, 저 아직 만으로 열다섯 살이거든요?"

"나는 만으로 스물다섯이야. 결혼 적령기야."

"선생님은 그럴지도 모르지만요."

적령기라는 말도 사어(死語)가 돼가고 있는 것 같은데 말이야.

"역시 나이 차이 때문에 그래?"

선생님의 목소리에 슬픈 기색이 깃들었다.

그 목소리가 너무나 애절하고 쓸쓸했고, 나는 그런 목소리를 듣고 싶지 않았다.

그리고 나도 모르게, 진심으로 딱 잘라 말해버렸다.

"그건 아니에요."

내가 생각해도 놀랄 정도로 단호하게 말했다.

선생님 눈이 휘둥그레졌다. 눈가에는 투명한 액체가 고였고.

"기뻐"라며 선생님 두 눈에서 눈물이 떨어졌다.

"아~ 그런데 말이죠" 그렇게 말하면서 머리를 긁었다. "그렇긴 한데, 법률적으로 여러 가지 문제가 있잖아요……?"

리얼리스틱한 문제다.

그러자 선생님도 "음~" 하는 소리를 냈다.

중학교 때 괜히 궁금해져서 알아본 적이 있는데, 이건 꽤 중요한 문제고, 지금 나는 상당히 어중간한 나이다.

예를 들어서 나도 선생님도 둘 다 만 18세 이상이라면 아무런 문제도 없다.

만 18세 미만이라고 해도 동갑인 고등학생이 평범하게 사귄다면 그것도 문제없겠지. 여자는 만 16세에 결혼할 수 있으니까.

문제는 한쪽이 성인이고 한쪽이 미성년자—— 즉 지금 우리 같은 관계다.

중학교 때 어쩌다 보니 조금 알아본 적이 있었다.

완곡한 해석에서는 쌍방에 확실한 연애 감정이 있는지가 문제라고 한다.

예를 들어서 못된 어른이 협박을 통해서 미성년자 상대에게 거짓으로 연애한다고 증언하게 할 수도 있다.

그래서 엄격하게 따져서 미성년자의 보호자가 약혼 또는 그에 준하는 진지한 교제라고 인정하는 것이 요구된다.

내가 지금까지 미쿠리야 선생님한테 프러포즈를 받을 거라고 생각도 못 했기 때문에, 당연히 내 부모님이 미쿠리야 선생님과의 관계를 알고 있을 리가 없다.

우리는 「학생과 교사」다.

학교에서의 역학관계에 의해 여성 교사가 남학생에게 연애 관계를 강요했다는 말을 듣는 건 나도 싫다. 그러려고 부속 중학교 시절에 확실하게 고등학교에 진학하기 위해서 어울리지도 않는 학생회 부회장 짓을 열심히 했던 것도 아니니까.

선생님의 너무 열렬할 정도의 마음은 알겠지만, 내가 별생각 없이 '예, 알겠습니다'라고 대답한 탓에 선생님이 교사라는 직업을 잃게 해서는 안 된다고 생각한다.

"⋯⋯이런 것들이, 솔직히 신경 쓰이거든요."

그러자 선생님은 뺨에 손을 대고 내 얼굴을 빤히 쳐다봤다.

"후지모토 군, 대단해. 그런 것까지 생각했구나. 왠지 후지모토 군이 나보다 어른 같아" 이렇게 말하고, 다음과 같은 말을 덧붙였다. "더더욱 좋아졌어."

⋯⋯이 사람, 엄청 귀엽거든요.

얼핏 보면 수수한 만큼 눈부시게 웃는 얼굴의 파괴력이 엄청나다.

"아, 아니거든요. 그냥 걱정이 많아서 그래요."

진정하자, 진정해.

"나, 후지모토 군에 대해 더 많이 알고 싶어⋯⋯. 너도 누나의 여~러 가지를 알고 싶잖아."

순식간에 머리를 풀고 안경을 벗고 가슴팍을 슬쩍 보여주는 요염 버전으로 변신했다.

"갑자기 초절미인 버전으로 변신하지 마세요!" 심장에 안 좋다고요.

"아우⋯⋯."

⋯⋯다시 한번 생각했다.

눈앞에는 나한테 야단맞고 어쩔 수 없이 수수한 모드로 돌아가는 미쿠리야 선생님.

그 살짝 삐친 것 같은 얼굴을 보면서 아까보다 더 깊이 생각했다.

새로운 학교, 새로운 교복, 새로운 반.

고등학생이 되면 남들처럼 동아리 활동도 열심히 하고, 혹시나 여자 친구라도 생기기라도 하면 정말 최고라고, 조금 전까지 그런 기대를 품고 있었다.

그런데 현실은 내 예상을 한참 뛰어넘었다⋯⋯.

완전히 수수한 교사로 돌아간 미쿠리야 선생님을 다시 한번 봤다.

미쿠리야 선생님의 본모습은 이렇게나 엄청난 미인이다.

헐렁한 흰 가운 때문에 얼핏 봐서는 몸매가 잘 드러나지 않지만, 가슴 크기는 내 또래 여학생들은 가볍게 압도해버릴 정도의 박력을 지녔다.

무엇보다 웃으면 눈부실 정도로 귀엽다.

법률적으로는 한없이 아슬아슬한 상태지만, 이렇게 예쁜 여성과 사귈 수 있는 기회는 거의 없겠지.

지금 이 기회를 놓치면, 내가 어른이 됐을 때도 선생님의 마음이 바뀌지 않을 거라는 보장이 있을까.

머릿속에서 이성과 본능이 열심히 싸우는 중에, 갑자기 조금 전에 선생님이 했던 말이 생각났다. 선생님은 이렇게 말했다. '나, 후지모토 군에 대해 더 많이 알고 싶어'라고.

"그래요, 선생님."

"혼인 신고서에 서명? 증인 두 사람은 내가 알아서 준비할게."

"그게 아니고! 선생님에 대해서 좀 더 알고 싶어요."

내가 진지한 얼굴로 말하자 선생님의 얼굴이 새빨개졌고, 폭발했다.

"호냐아아아아! 내 뭘 알고 싶은데?! 쓰리 사이즈?! 아니면 좀 더 야한 부분?!"

"이봐요, 선생님이니까 좀 진정하세요!"

"그랬었지……."

"선생님 마음은, 그러니까, 정말 고맙지만, 전 아직 선생님에 대해서, 아는 게 없어요. 이런 상태에서 대답하는 건 정말 실례하고 생각해요. 그러니까……."

"그러니까, 일단 결혼을 전제로 교제하자고?"

"……일단은 결혼이 아니라, 교제(임시)부터 시작하면 어떨까요."

그러다가 서로가 서로를 잘 알게 될 때쯤이면, 법률과 세상의 일반 상식 기타 등등도 전부 OK인 시기가 되지 않을까.

선생님은 입술을 살짝 깨물었지만, 고개를 끄덕였다.

"응. 알았어. 앞으로 잘 부탁해, 후지모토 군."

"아, 예. 저야말로 잘 부탁드려요, 미쿠리야 선생님."

"둘이 있을 때는『미츠키』라고."

"그럼── 미츠키 씨."

내가 선생님 이름을 불렀다.

미쿠리야 선생님…… 아니, 미츠키 씨는 정말 기뻐 보이는 표정으로 웃었다.

그 웃는 얼굴을 봤더니 나도 가슴이 아플 정도로 사랑스런 기분이 들었다.

이렇게 해서, 고등학교 생활 첫날에 프러포즈를 받았고, 결혼을 전제로 한 여자 친구(임시)가 생겼다.

제1장 교제(임시)는 구체적으로 어떻게 하면 되는 건가요? ❤❤

입학식에서 일주일이 지났다.

스마트폰 알람이 울린다. 끄는 방법은 몸이 기억하고 있다. 스누즈 기능을 쓰고 앞으로 10분만 더 자자.

반쯤 잠들고 반쯤 깬 상태인 내 귀에 현관문 열리는 소리가 났다.

우리 집 문이 열리는 기척이 난다.

방문이 조용히 열렸다.

"좋은 아침입니다⋯⋯."

아주 작은 여자 목소리가 들린다.

"자고 있네요~ 자고 있네요~. 자는 얼굴은 어떠려나요. 카메라 감독님, 어떠신가요."

조심조심 걸어오는 상대가 충분히 가까이 다가왔을 때, 내 쪽에서 벌떡 일어났다

"호냐아아아아!" 하는 한심한 소리를 지르며, 침입자가 벌렁 자빠졌다. 그렇게 성대하게 자빠지면 치마 속이 보일 것만 같아서 내가 더 곤란한데 말이야.

하지만 매일 아침 이런 일이 벌어지니까 점점 놀라지도 않는 나 자신이 무섭다⋯⋯.

"미츠키 씨, 안녕하세요. 그리고 매일 아침마다 멋대로 침입하지 말아주세요."

내가 아주 당연한 권리를 주장하자, 이미 옷매무새를 가다듬고

그 위에 앞치마까지 입은 미츠키 씨가 반론했다.

"하지만 아침밥은 중요하잖아. 한 사람 먹을 거나 두 사람 먹을 거나 수고는 거의 다를 게 없고."

부활한 미츠키 씨는 부엌으로 향했고, 냉장고에서 재료를 꺼내서는 아침 식사를 준비하기 시작했다.

어째서 이렇게 됐냐면…….

교제(임시)가 시작된 직후의 일이다. 내가 자취하기 시작한 뒤로 아침을 거의 안 먹는다는 이야기를 들은 미츠키 씨가 갑자기 화를 냈다.

"아침은 꼭 챙겨 먹어야 해요, 후지모토 군!"

"알긴 아는데, 아침엔 졸려서……."

"성장기니까 하루 세끼는 꼬박꼬박 챙겨 먹어야죠!"

그런 이야기를 나누고, 결론은 미츠키 씨가 아침밥을 만들어주겠다고 했다.

왠지 여자 친구가 생겼구나~ 라는 기분이 들어서 별생각 없이 수락했더니, 미츠키 씨가 나한테 손을 내밀었다.

"아, 식비 말인가요. 얼마나 드리면 될까요."

"그게 아니라, 후지모토 군 집 열쇠. 복사하게."

"예?"

"후지모토 군은 그냥 자고 있어도 되니까. 아침밥이 다 되면 깨워줄게."

그렇게 해서 미츠키 씨가 우리 집 열쇠를 가지게 됐고, 바로 다음날 아침부터 아침밥을 만들기 위해서 침입해왔다. 두 사람 몫의 식재료는 기본적으로 우리 집 냉장고에 넣어뒀다.

"아침밥 해주는 건 정말 고마운데요, 방에 들어올 때 '카메라 감독님, 어떠신가요'라는 소리는 대체 뭔가요."

"예전에 『스타 깜짝 몰래카메라』에 나왔던 자는 모습 찍는 몰래카메라 흉내야. 몰래 집에 들어가서, 이불을 들추고 자는 얼굴을 가만히 관찰하는 코너."

"그거, 무슨 TV 프로그램인가요?"

제목만 봐도 옛날 냄새가 나는데.

미츠키 씨가 돌처럼 굳어졌다.

"나, 나도 실시간으로 본 세대는 아니야. 그래서 자세한 건 기억이 안 나거든."

"그래서 카메라 대신 스마트폰을 들고 있다는 건가요. 매일 아침 똑같은 소리 하는데, 제발 자는 얼굴 좀 찍지 마세요."

침입 첫날, 멍청하게도 미츠키 씨가 아침밥 해주러 온 줄도 모르고 완전히 잠들어 있었다. 알아차렸을 때는 미츠키 씨가 나의 자는 얼굴을 스마트폰으로 열심히 찍고 있었다. 그 뒤로 아침에는 꼭 일찍 일어나야겠다고 마음속으로 굳게 다짐했다. 참고로 그 사진들은 거세게 항의해서 그 자리에서 지우게 했고.

"그치만~."

그랬더니 미츠키 씨가 고개를 도리도리 저었다.

그런 탓에 미츠키 씨 가슴도 커다란 슬라임처럼 흔들린다.

"그치만은 무슨 그치만이예요!"

나는 황급히 미츠키 씨의 슬라임에서 눈을 돌리고 세수하러 갔다.

"좋아하는 사람의 귀여운 모습 사진은 잔뜩 갖고 싶은 법이잖아."

"또 그런 소리……."

활짝 웃는 얼굴로 대놓고 '좋아하는 사람'이라고 하면 파괴력이 너무 엄청나잖아요. 차가운 물로 얼굴을 씻어서 머릿속과 번뇌를 식혔다.

뒤쪽에서 프라이팬에 달걀 떨구는 소리가 들린다. 따뜻한 냄새가 감돌기 시작한다.

"랄랄라~♪"

미츠키 씨의 콧노래 소리가 들려온다. 얼굴을 씻고 옷을 입고 방에서 나오자, 미츠키 씨가 아주 즐겁게 햄에그와 밥을 차리고 있었다.

"콧노래까지 부르시고, 즐거워 보이네요."

"호냐아아아! 콧노래 소리 들렸어?! 창피해!! 어흠…… 무슨 소리인가요 후지모토 군. 콧노래 같은 건 흥얼거리지 않았어요. 빨리 먹지 않으면 지각할 거예요."

얼굴이 새빨개진 미츠키 씨가 평소의 수수한 교사의 가면을 쓰려고 노력한다.

"난 괜찮은데." 귀여웠으니까.

우리는 둘이 마주 앉아서 "잘 먹겠습니다"라는 말을 하고 아침 식사를 했다.

아침. 등교할 때는 상당히 주의를 기울인다.

많은 사람들이 서둘러서 통근, 통학을 하고 있지만, 어디에 누가 있는지 모를 일이다.

미츠키 씨는 선생님이다 보니 일찍 학교에 가서 수업 준비 등을 해야 한다. 그래서 필연적으로 나보다 일찍 집에서 나가기 때문에, 우리 둘이 같이 학교에 가는 일은 없다.

솔직히 말해서 여성 교사와 남학생이 각각 자취를 하는데, 집이 옆집인 것만 해도 충분히 문제라고 생각한다. 게다가 아침 식사를 하고 그대로 같은 집에서 나오는 건, 틀림없이 완전히 끝장이겠지.

만약 누구한테 들키기라도 하면, 나랑 미츠키 씨가 아무리 이상한 짓을 안 했다고 주장해봤자 믿어주는 사람은 없겠지.

현실은 교제(임시)를 시작한 지 일주일. 시작이 프러포즈였던 탓에 일이 여러모로 이상해지기는 했지만, 아직 손도 한 번 못 잡아봤다.

그나저나 미츠키 씨의 귀여운 웃는 얼굴과 발칙한 몸매——.
고등학교 1학년 남자한테는 참기 힘든 것이다 보니, 나는 형광등 끈을 상대로 복싱을 하고 근력 운동을 하면서 번뇌를 떨쳐내기 위해 싸우고 있다.

그런 관계로——.

아침 식사를 마치고 우리 집에서 나갈 때도, 먼저 내가 밖을 내다보고 주위 상황을 확인한다.

아무도 없으면 미츠키 씨가 조용히 내 방에서 나가고, 몸을 숙인 자세로 일단 옆에 있는 자기 집으로 들어간다.

현관에 준비해뒀던 짐을 챙겨 들고, 미츠키 씨가 집에서 나온다. 이때 미츠키 씨는 이미 훌륭한(?) 수수한 교사의 무표정한 얼굴이 되어 있다.

미츠키 씨가 현관문을 잠그는 소리가 나고, 우리 집 앞을 지나서 계단을 내려가는 발소리가 들린다.

그 소리가 완전히 사라진 것을 확인하면서 아침 식사 설거지를 한 뒤에 집에서 나온다.

밖에 나와서 주위를 둘러본다. 당연히 미츠키 씨는 없다.

문을 잠그고 길을 걸어가다 보면, 자꾸만 미츠키 씨 생각을 하게 된다……

입학식도 그렇고 프러포즈도 그렇고, 아무튼 교제(임시) 첫날밤, 샤워를 하고 몸이 개운해졌는데도 자꾸만 마음이 들떴다.

임시라도 사귀는 상태이기는 하니까. 이런 날이 올 줄은 몰랐다.

흥분한 기분을 달래기 위해서 방에서 형광등 끈을 상대로 복싱을 하고 있는데 초인종 소리가 났다.

"누구세요~"

"안녕하세요, 후·지·모·토·군."

문밖에는 미츠키 씨가 있었다. 가슴팍이 크게 벌어진 서머 스웨터를 대충 걸친 초절미인 모드다. 안경을 벗고 메이크업까지 확실하게. 한쪽 눈을 감고 손 키스를 날린다.

"서, 선생님?"

"둘이 있을 때는 미츠키 씨라고 하기로 했잖아? 못된 아이네. 우후후. 어때?"

은근히 몸을 앞으로 숙여서 섹시한 가슴을 더 강조한다. 그 살인적으로 풍만하고 하얀 살갗을 보지 않으려고, 근성을 발휘해서 눈을 피했다.

"'우후후'는 또 뭐예요. 무슨 일이세요, 미츠키 씨?"

"땡겨?"

"예?"

무슨 소리야 이 여교사가.

미츠키 씨는 자세를 바로잡고 잠시 턱에 손을 대고 "음~" 하는 소리를 내더니, 뭔가 생각이 났는지 다시 자기 집으로 돌아갔다.

대체 뭐지.

복싱은 그만두고 TV를 보고 있는데 다시 초인종 소리가 울렸다.

"누구세요~."

"아…… 안녕……."

문밖에는 역시나 미츠기 씨.

이번엔 위아래에 낡은 회색 스웨트를 입은 건어물녀 모드였다. 꼼꼼하게 화장까지 다 지우고, 학교에서 쓰던 것보다 테가 두껍고 촌스러운 안경까지 쓰고 있다. 아무리 봐도 아까 그 초절미인 과 같은 사람이 아닌 것 같지만, 자세히 보면 왼쪽 눈 밑에 작은 눈물점이 있어서, 그걸 보고 미츠키 씨라고 납득할 수 있었다.

"미, 미츠키 씨?"

"저기…… 그게…… 그래서, 오늘은…… 니까."

평소보다 작은 소리로 뭔가 중얼거리고 있는데, 거의 알아들을 수가 없다.

"죄송한데요. 미츠키 씨. 무슨 말인지 모르겠거든요."

그렇게 말하면서 한 걸음 다가갔더니 미츠키 씨가 비명을 지르면서 뒤로 물러났다. 겁먹은 작은 동물처럼.

"너, 너무, 가까이 오지 마……."

"아, 예——."

내가 한 걸음 뒤로 물러나자 미츠키 씨도 다시 원래 위치로 돌아왔다.

시험 삼아 한 걸음 다가갔더니 또 작은 소리로 "힉?!" 소리를 내면서 한 걸음 멀어졌다. 뭐야 이거.

미츠키 씨가 오른손을 내밀어서 「정지」 신호를 보냈다.

"잠깐…… 기다려……"라는 말을 남기고, 미츠키 씨가 다시 자기 집으로 들어갔다.

탁, 소리를 내면서 닫히는 문을 보며, 나는 그저 고개만 갸웃거리는 수밖에 없었다.

두 번 일어나는 일은 세 번도 일어난다는 것처럼, 조금 있다가 또 초인종 소리가 울렸다.

"갑니다, 가요~"

틀림없이 미츠키 씨라고 생각하면서 속 편하게 문을 열었다.

"뭐야! 대체 뭐냐고, 후지모토 군?!"

이번에는 미츠키 씨가 갑자기 화를 냈다.

"뭐가요."

"섹시 모드는 반응이 별로고, 건어물 모드도 아니고. 대체 어떤 플레이를 해주면 좋아하는 거야?!"

"플레이 같은 소리 하지 마세요!"

지금의 미츠키 씨는 낮의 선생님 모드 때 차림새였다. 하지만 현관문을 열어놔서 밖에 다 들린다. 1층에 자동 보안문이 있어서 누가 들어오는 일은 없겠지만, 나는 당황해서 미츠키 씨를 집 안에 들어오게 하고 문을 닫았다.

"지금 날 집에 끌어들인 거야?!"

"소리가 밖에까지 다 들리니까요!"

"밖에 들리면 곤란한 짓을 하려는 거야?! 꺄~"

"안 해요. 선생님이니까 이상한 상상 하지 말라고요!"

미츠키 씨가 입을 꾹 다물고 부들부들 떨었다.

"그치만, 기왕이면 후지모토 군이 제일 좋아하는 옷을 입어주고 싶단 말이야."

그래서 아까부터 이런저런 모드로 바꿔댄 건가.

나도 모르게 한숨이 나왔다. 정말 대단한 사람이네…….

"저기요, 미츠키 씨. 저한테는 초절미인 모드도 건어물녀도, 물론 학교 선생님일 때 미츠키 씨도 전부 미츠키 씨거든요."

"뭐?"

창피하니까 지금 그 말로 눈치채줬으면 좋겠다.

하지만 미츠키 씨는 자기감정은 솔직하게 던지는 주제에, 남이 자기한테 보이는 감정에는 좀 둔감한 것 같다.

"그러니까 말이죠, 어떤 모습의 미츠키 씨건, 그러니까 뚱뚱해도 말라도 미츠키 씨는 미츠키 씨라고요. 뭐랄까, 그러니까── 언제든 전부, 멋지다고 생각해요."

미츠키 씨가 볼이 빨개지고 눈이 촉촉해졌다. 이번에는 내 말이 미츠키 씨 마음에 전해진 것 같다.

"헤헤. 정말 기쁘다. 고마워, 후지모토 군."

"무슨, 말씀을요."

미츠키 씨가 싱긋 웃었다.

"살이 쪄도 좋다고 했으니까, 매일매일 열심히 라멘 두 그릇씩 먹을게."

"일부러 찔 필요는 없거든요?"

있는 그대로의 미츠키 씨가 좋다고 생각하니까.

겨우 일주일 동안에 벌써 여러 가지 추억들이 생겼다. 그런 것들을 마음속에서 되새겼더니, 그렇게 귀찮았던 학교 가는 길에서 나도 모르게 웃음이 흘러나왔다.

으아아아! 여자 친구가 있으니까 정말 좋구나!

나도 모르게 큰소리를 지르고 싶어진다.

마음의 여유 같은 것까지 느껴진다. 학교에서는 반 친구들이랑 나름대로 잘 지내고 있고, 친하게 지내는 애들도 생겼지만, 어느 순간에 갑자기 '아, 나한테는 여자 친구가 있구나'라는 생각을 하게 된다. 이것이 남자로서의 자신감이라는 걸까.

마음의 여유가 생기니까 수업시간에도 집중할 수 있어서 정말 좋다.

막 시작된 고등학교 생활, 수업은 이제 겨우 첫 주가 지났으니까 간단한 오리엔테이션 정도만 했을 뿐이다. 그중에는 미츠키 씨가 담당하는 지구과학도 있다.

"여러분, 다시 한번 안녕하세요. 지구과학 담당 미쿠리야입니다. 이 수업에서는——."

흰 가운을 걸친 수수한 교사 모드의 미츠키 씨가 담담하게 설명했다.

눈이라도 마주치면 어떻게 하나 싶었지만, 미츠키 씨는 여자애들 쪽만 보고 있었다. 나와의 관계가 들키지 않으려고 한다기보다는 단순히 남자가 부담되기 때문인지도 모른다.

너희들(특히 남자) 그거 아냐?

미쿠리야 선생님은 놀랐을 때 '호냐아아아아!' 같은 소리를 내고 얼굴이 새빨개지거든?

평소의 수수한 외모는 세상 사람들을 속이기 위한 모습. 자세히 보면 엄청나게 미인이고, 그러면서 은근히 맹하고, 아침밥 먹을 때면 꼭 볼에 밥알이 붙는 거 모르지?

목욕하고 나와서 차를 마시고 있으면 고양이처럼 응석을 부리기 시작하는데, 가슴 언저리가 완전히 빈틈투성이야. 그리고 그걸 쳐다보면 더 다가와서 놀려댄다고.

뭐, 좀 대담한 어른 여성의 스킨십이 남자 고등학생한테는 여러모로 부담된다는 게 옥에 티지만 말입니다…….

교실에 들어갔더니 머리를 짧게 깎은 호시노가 인사하러 다가왔다. 호시노 자리는 내 뒷자리다. 호시노는 중학교를 다른 곳에 다니다가 고등학교 때 처음 우리 학교에 들어온 쪽이다. 우리 반에 절반 정도가 소위 말하는 외부생들이었다.

"안녕."

"안녕."

딱 봐도 스포츠맨 같은 체격인 호시노는 중학교 때 야구부 주전이었다는 것 같다. 고등학교에서도 바로 야구부에 들어가서 연습에 참가하고 있고.

그런 호시노가 갑자기 힘없이 책상 위에 엎어졌다.

"왜 그래? 아침 연습 때문에 피곤해?"

"그게 아니라~ 내 말 좀 들어봐. 어제 말이야, 야구부에 갔거든."

"응." 고개를 끄덕이면서 의자에 앉았다.

"야구부에 3학년 매니저, 선배지만 진짜 예쁘더라고."

"야구부 첫날부터 계속 그렇게 말했었지. 『그래서 연습할 때 힘이 난다』고."

"맞아. 그 선배, 진짜 예쁘다. 완전히 아이돌 급이야. 그런데 말이야——."

그리고는 호시노가 다시 책상 위에 엎드렸다.

"무슨 일 있었어?"

"그 매니저 선배가, 3학년에 투수 선배랑 사귄다는 얘기를 어제 들었거든……."

"아~"

"거짓말이라고 생각했는데, 오늘 아침에 둘이서 사이좋게 학교에 오더라니까. 진짜 슬프다……."

"뭐라고 할까, 흔히 있는 일이네."

"아무리 그래도 너무 하잖아. 그런데 넌 동아리 활동 안 할 거냐?"

"음~ 고민 중이야."

우리 학교는 동아리 활동이 필수는 아니라서, 아무데도 가입하지 않아도 된다.

미츠키 씨가 고문을 맡고 있는 동아리에 들어가려고 했더니 반대했다. "그랬다간 내가 코피 흘리면서 쓰러질 거야!"라고 했는데, 코피라니…….

그리고 미츠키 씨가 고문을 맡은 동아리는 수예부. 남자가 하나도 없을 것 같으니까 관둬야겠다. 수예에 대해서 아는 것도 없고. 그나저나 지구과학 선생님인데도 천문부 같은 데가 아니라 수예부라는 게 왠지 미츠키 씨 답다고 할까.

호시노랑 얘기하고 있었더니 복도에서 미츠키 씨가 걸어오는 모습이 보였다. 교실 문 바로 앞에서 다른 여자애들과 이야기하고 있다. 덕분에 큰 소리로 자리에 앉으라고 하지 않아도 담임선생님이 왔다는 걸 알 수 있다. 미츠키 씨, 보통이 아니야.

"우리 담임, 너무 시시하지."

호시노가 내 등을 쿡쿡 찌르면서 진지하게 말했다."

"야, 선생님한테 그런 소리 하지 마."

"F반에 미술 담당 호리우치 선생님은 진짜 미인이잖아? 왼쪽 약지에 반지가 있는 걸 보면 결혼했겠지만."

"매니저 선배한테 남자친구 있다고 너무 비뚤어지지 마라."

"넌 왜 그렇게 여유 있는 건데. 아, 너 혹시 여자 친구 있는 거냐?!"

"윽…… 없어."

나도 모르게 웃음이 나오려고 했지만 열심히 참았다.

큰맘 먹고 "있는데, 왜?"라고 말하라는 악마의 속삭임을 무시하면서.

하지만 방심하면 안 된다. 애당초 프러포즈라는 최상급 고백도 미츠키 씨가 먼저 해버렸으니, 남자로서 확실한 태도를 보여야겠다고 반성하고 있는 상황이니까.

하다못해 미츠키 씨의 일을 방해해서는 안 된다. 그러려면 부주의한 언동 때문에 미츠키 씨와의 관계가 들키지 않도록 하는 건 필수다.

"너, 수상하다."

호시노가 내 옆구리를 간질이면서 심문하려고 했을 때, 미츠키 씨의 목소리가 날아왔다.

"거기. 조회 시간입니다."

안경 렌즈 너머에 있는 눈동자는 평소처럼 수수한 교사 모드. 호시노가 작은 소리로 "무서워"라고 중얼거렸다.

하지만 난 알고 있다. 미츠키 씨, 틀림없이 쑥스러워하고 있다.

눈가가 살짝 발그레해지고, 계속 나한테서 눈을 피하고 있는 게 그 증거다.

그 사소한 반응을 보니 왠지 너무나 행복한 기분이 들었다.

그날 밤. 어째선지 미츠키 씨가 저기압이었다.

"후지모토 군, 선생님 화났어요."

"예?"

저녁 식사 준비를 하고 같이 밥을 먹으려고 하는데 갑자기, 미츠키 씨가 '흥' 하는 의성어가 보일 것 같은 태도로 화를 내기 시작했다.

"조례 때 말이야. 네 얼굴만 봐도 얼굴이 빨개지니까, 학교에서는 내가 신경 쓰지 않게 해줘!"

"그런 이유 때문인가요?!"

참고로 저녁 식사 준비도 미츠키 씨가 하는 경우가 점점 많아지고 있다.

일 때문에 피곤할 테니까 내가 하겠다고 말했지만, "정말 착해……! 내가 더 열심히 할게!"라는 예상했던 것과 정반대의 반응이 돌아오고 말았다.

하지만 역시 미츠키 씨가 퇴근해서 집에 오면 피곤한 건 사실이니까, 미츠키 씨한테만 떠넘기지 않고 같이 준비하는 쪽으로 합의했다.

오늘 저녁은 회과육. 양배추가 싸다는 이유로.

미츠키 씨가 한 번에 2인분을 만들어서 큰 접시에 담았다. 고기와 양념의 맛있는 냄새에 뱃속에서 요란한 소리가 났다. 미츠키 씨가 회과육을 식탁에 가져다놓는 사이에 나는 된장국을 준비했다. 건더기는 두부와 미역. 밥을 그릇에 담고 국과 함께 들고 갔다.

둘이 마주앉아서 회과육을 먹었다. 뜨끈뜨끈한 고기와 채소를 입에 넣으니 살짝 단맛이 난 뒤에 딱 좋은 풍미와 매운맛이 찾아온다.

미츠키 씨가 자기 집에서 춘장과 굴 소스를 가지고 와준 덕분이기도 하겠지만, 무엇보다 미츠키 씨의 실력이 좋은 것 같다. 그 '건어물녀' 모습에서는 상상도 할 수 없다고 하면 화낼 것 같으니까, 그냥 "맛있네요"라고만 말했다.

미츠키 씨도 맛있게, 행복하게 밥을 입으로 가져갔다.

"그러고 보니 후지모토 군, 뒷자리 호시노 군이랑 사이가 좋아? ——음, 맛있다."

"자리도 가깝고, 지금은 제일 많이 얘기하는 사이예요. ——회과육 진짜 맛있네요."

"후후, 그렇게 말하니 기쁘네. ——남자 고등학생들은 무슨 얘기 해? 역시 여자애 얘기?"

"아~ 항상 그러는 건 아니지만, 그런 얘기도 하긴 해요. 오늘은 호시노가 『야구부 여자 매니저한테 남자친구가 있었다』고 충격을 받았거든요. 아, 미츠키 씨, 이 얘기는 비밀이에요? ——보리차 좀 주세요."

"알았어, 괜찮아. 나, 입이 무거우니까. 후지모토군이 『내 달링

이야~』라고 큰소리로 외치고 싶을 때도 많지만. ──여기, 보리차."

"고맙습니다. ──조심해주세요."

무슨 마음인지는 너무나 잘 알지만.

"우후후. 그런데 호시노 군 말이야, 운동을 해서 몸도 좋고 얼굴도 괜찮고, 찰리 신이란 비슷하게 생겼으니까 여자 친구 정도는 금방 생기지 않을까. 아, 난 그런 사람은 별로야. 난 후지모토 군밖에 없거든? ──더 먹을래?"

"찰리 신?"

밥그릇을 받으려고 손을 내민 채, 미츠키 씨가 굳어져버렸다.

"영화 잘 안 봐?"

"미국 영화는 꽤 보기는 하는데요."

"혹시…… 내가 너무 옛날 사람인가?"

그 말을 듣고 내가 실수했다는 걸 알았다.

미츠키 씨가 황급히 스마트폰을 집었다. 글자로 입력하기도 귀찮은 건지, "오케이 구루구루. 찰리 신"이라고 말해서 음성 검색을 했다.

"아, 미츠키 씨──."

"『무서운 영화 4』가 벌써 12년이나 됐어?! 그때 후지모토 군은 세 살. 안 되겠네, 너무 오래됐어……."

미츠키 씨가 새하얘졌다.

"아, 그래도, 얼굴은 생각났어요. 하긴, 호시노가 외국인 같은 체격이고 얼굴도 비슷하네요. 이름이 『신』이니까, 호시노 신이면 이름도 비슷하고요!"

급하게 수습하려고 했더니 미츠키 씨가 끼이익, 하고 고개를
이쪽으로 돌렸다.

"후지모토 군, 지금 뭐 숨긴 거 있지?"

"아니요—— 그리고 그렇게 사다코처럼 움직이면 무섭거든요."

"『링』은 유명하니까 아는구나. 하지만 저주의 비디오테이프 같
은 건, 요즘 애들한테는 안 먹히지 않나?"

"실물은 만져본 적이 없으니까요."

보디 블로를 맞은 것처럼 괴로워하면서, 미츠키 씨가 애원하는
것처럼 말했다.

"……그렇게 넘어가려고 하지 말고, 뒤에 숨긴 거 보여줘!"

내가 뒤에 놓아둔 것을 뺏으려고, 미츠키 씨가 손을 뻗었다. 내
가 빼앗기지 않겠다고 버둥대는 틈에 미츠키 씨가 내 위에 덮치
는 것 같은 자세가 됐다. 씻고 나온 몸에서 나는 향기와 너무나
여성적으로 부풀어 오른 가슴이 내 뇌를 지배했다. 입고 있는 옷
은 약간 큰 사이즈의 T셔츠고, 오래 입어서 천도 얇다. 이건 안
되겠다.

"으악."

"꺄악."

미츠키 씨의 부드러운 몸을 손으로 잡을 수도 없어서 자세가 무
너졌고, 그대로 넘어지고 말았다.

"미츠키 씨?"

갈라진 목소리가 나왔다.

"안 돼, 이리 줘. 자, 빨리."

미츠키 씨가 내 위에서 꾸물꾸물 움직이면서 말했다. 이 사람은 자기 흉부가 얼마나 흉악한 존재인지 모르는 것 같다.

"줄게요, 줄 테니까 비켜주세요."

"빨리 줘!"

"이상한 데 만지지 말고요!"

간신히 미츠키 씨를 내 위에서 비키게 하고, 내 밑에 깔려 있던 스마트폰을 꺼냈다.

"잠금 해제하고."

"예."

잠금을 해제하자 스마트폰 화면에 영화배우 찰리 신이 상쾌하게 웃는 얼굴과 이력이 표시돼 있었다.

설명하겠습니다. 미츠키 씨와 이야기하는 중에 모르는 말이 나올 때마다 재빨리 스마트폰으로 검색하고 있었습니다.

지금까지는 아주 자연스럽게 검색했었는데, 이번엔 왜 들킨 거지…….

그 스마트폰을 사이에 두고, 나와 미츠키 씨가 무릎 꿇은 자세로 마주앉아 있다. 마치 바람피우다 증거를 잡힌 남편 같은 기분이다.

"후지모토 군, 항상 이랬던 거야?"

"으, 응…….."

"계속, 나한테 숨겼구나."

"아니거든요, 이건."

"어쩐지 이상하다 싶었어." 미츠키 씨가 슬픈 표정을 지었다.

"만 15세밖에 안 된 네가 이상하게 내가 고등학교 시절에 유행했던 것들을 잘 안다 싶었다고!"

"그치만요, 미츠키 씨!"

"10년 쯤 전에, 내가 지금 후지모토 군이랑 비슷한 나이일 때 일, 예를 들자면 신형 아이퐁이 나왔다고 난리가 났던 게 아이퐁 3G였다는 얘기, 당연히 모르겠지."

"동영상 사이트에서 얼핏 봤어요." 지금은 X가 나왔지…….

"마이클 잭슨이 죽어서 충격이었다는 얘기도 마치 본 것처럼 맞장구를 쳐줬지만, 당연히 봤을 리가 없겠지."

"동영상 사이트에서 이것저것 알아보고……."

"『케○온』이라든지, 페니실린이 엄청나게 활약한 타입 슬립 의료 사극 드라마라든지, 은근히 잘 알고 있었지."

"동영상 사이트에서 쪼끔."

미츠키 씨가 탁자 위에 팔꿈치를 대고 머리를 쥐어뜯었다.

"전부 동영상 사이트, 동영상 사이트—— 이게 내추럴 인터넷 세대라는 거야?"

"저기요, 굳이 따지자면 디지털 네이티브 세대……."

미츠키 씨가 입을 삐죽 내밀었다. 아, 이번엔 실수했다.

"요즘 애들 말은 어려워……! 난 도저히 따라갈 수가 없어……!"

"그냥 조금 틀렸을 뿐이잖아요."

"우리 반 애들이 하는 말이 무슨 말인지 알아들을 수가 없을 때가 있어. 스물다섯밖에 안 됐지만 모르는 건 모르는 거야. 50대베테랑 선생님이 『아직 젊잖아』라고 위로해준 단계에서 이미 아줌마가 된 거야."

미츠키가 훌쩍훌쩍 울고 있다.

"아, 예……."

"나도 고등학교 시절에는 정말 풋풋했다고. 같은 여고생이라고 요즘 애들 쓰는 말을 다 아는 건 아니잖아. 진짜 대체 뭐냐고. 요즘 애들은 왜 그렇게 이상한 말들을 자꾸 만드는 거야……!"

봐서는 안 되는, 미츠키 씨의 어둠을 엿본 것 같은 기분이 들었다.

"선생님, 술 드신 건 아니죠……?"

하지만 풋풋했던 미츠키 씨는 좀 상상하기 힘드네.

"괜찮아, 맨정신이야. 그나저나 미안해. 괜히 걱정하게 만들었나봐."

"아뇨, 괜찮아요. 저야말로 몰래 그런 짓을 해서 죄송해요."

미츠키 씨를 위해서 한 행동이었는데 되레 상처를 주게 돼서 나도 마음이 아프다.

"나이가 열 살 넘게 차이가 나면…… 후지모토 군도 얘기하기 힘들어?"

"아니에요!"

내가 바로 큰 소리로 대답했더니 미츠키 씨가 깜짝 놀랐다.

"후지모토 군?"

"제가요, 원래 연예인들 소식이나 뉴스 같은 걸 신경 쓰지 않거든요. 솔직히 저는 미츠키 씨한테 열 살이나 어린 어린애처럼 보일 것 같아서, 얘기해도 재미없을 것 같아서, 제가 어떻게든 맞춰보려고 했던 거라고요."

내가 고개를 숙이자 미츠키 씨가 또 입을 꾹 다물었다.

"흑흑……. 후지모토 군, 정말 착하구나. 이 세상에서 제일 착한 사람이야. 나야말로 너무 신경 쓰게 해서 미안해. 그리고 고마워."

미츠키 씨가 날 끌어안았다. 또다시 온몸에서 씻고 나온 미츠키 씨의(이하 생략).

"미츠키 씨, 놔주세요. 답답해요. (내 이성이) 죽겠어요."

"아, 미안해. 너무 셌나?"

풀려나서 가슴 한가득 공기를 들이쉬고, 이성을 유지하기 위해서라도 한 가지 제안을 했다.

"미츠키 씨, 저한테 더 많은 걸 가르쳐주세요."

"뭐!? 너무 이른 거 아냐? 마음의 준비가 필요한데."

미츠키 씨가 얼굴이 빨개져서 멈칫거리는 모습을 보고, 설명이 부족했다는 걸 알았다.

"아니, 그러니까, 그게, 그런 뜻이 아니라요. 제가 모르는 게 있으면 솔직하게 물어볼게요. 미츠키 씨도 요즘 고등학생들이 쓰는 말 중에서 모르는 게 있으면 저한테 물어보시고요. 제가 가르쳐드릴 테니까…… 저도 모르는 게 있을 수도 있지만."

솔직히 나라고 다 아는 건 아니니까.

"후지모토군은 정말 착하구나! 너무 좋아서 죽겠어."

"죽지는 마세요."

또 끌어안으려고 해서 도망쳤다.

내가 피한 탓에 넘어지려고 했던 미츠키 씨가 자세를 바로잡았다.

우리는 잠시 서로 얼굴을 마주 보고 있다가, 누가 먼저랄 것도 없이 웃음을 터트렸다.

"후후. 이렇게 해서 하나하나 둘만의 규칙을 정해나가는 게, 왠지 기쁘네."

"하하. 그러세요."

그리고 둘이서 식탁을 치우고 설거지를 했다.

설거지가 끝난 뒤에 게임기를 꺼냈다. 내가 부모님 집에서 가지고 온 게임기인데, 둘이서 이런저런 얘기를 하면서 게임을 다운로드했다.

그동안에 미츠키 씨가 따뜻한 차를 준비했다.

"차 가져왔어~. 자, 해볼까."

게임기 스위치를 온. 조금 있다가 요란한 타이틀 화면이 나왔다. 타이틀은 『슈퍼 스ㅇ리트 파이터Ⅱ』. 미츠키 씨가 주인공 격인 일본인 무도가, 나는 금발의 여자 특수 공작원. 나도 미츠키 씨도 겨우 필살기 커맨드를 쓸 수 있게 된 수준이다.

"미츠키 씨, 그거, 너무해요."

"후후후. 후지모토 군, 완전히 보내버릴 거야."

분명히 말해두는데 격투 게임 이야기다.

분위기가 달아오르면 미츠키 씨의 말이 더 심해진다.

"후지모코 군, 안 돼!" 빈사, 또는 죽었을 때.

"앙, 잘 안 들어가." 필살기 커맨드 얘기다.

"아앙, 너무 세에!" 내가 퍼펙트로 이겼을 때.

"안 돼에! 이제 그마아안!" 연패했을 때.

컨트롤러를 잡으면 사람이 달라지는 정도는 아니지만, 미츠키 씨의 절규가 여러모로 위험하다. 완전히 조작 발해 수준이다.

식후에 『슈퍼 스○리트 파이터Ⅱ』를 하는 것도 우리 둘이서 정한 사소한 규칙이다.

밤에 잘 때면 미츠키 씨는 자기 집으로 돌아간다.

옆집이지만 잠깐의 틈을 노리고 수상한 사람이 나타날 수도 있고, 무엇보다 조금이라도 더 오랫동안 같이 있고 싶어서 미츠키 씨네 집 현관까지 배웅하기로 했다.

"고마워 후지모토 군. 잘 자."

평소처럼 인사를 하고 헤어져서, 옆에 있는 우리 집 문을 연 순간이었다.

"꺄아아아아아아아악!!"

밤의 어둠을 찢어버리는 것 같은 미츠키 씨의 비명소리가 울렸다.

"미츠키 씨?!"

재빨리 미츠키 씨네 집 현관문을 두드렸다.

"괜찮으세요?! 무슨 일이에요?!"

문 너머에서 찰칵찰칵 잠금장치를 푸는 소리가 나고, 미츠키 씨가 문을 열었다.

"후지모토 군!!"

미츠키 씨가 울먹이면서 뛰쳐나왔다.

"무슨 일…… 으억?!"

내 팔에 매달린 미츠키 씨의 차림새를 보고 정신이 나갈 뻔 했다.

위아래가 한 세트인 핑크색 란제리. 한마디로 속옷 차림이었다.

세밀한 자수가 들어간 핑크색 브래지어가 미츠키 씨의 커다란 가슴을 부드럽게 감싸주고 있다. 어떤 그라비아 아이돌보다 예쁘다. 크다고 생각은 했지만, 이건 위험하다. 농구공 정도는 되지 않으려나. 깊은 가슴골 계곡에는 내 손이 다 들어가 버릴지도 모른다.

출렁, 하고 흔들리는 두 개의 유방이, 내 팔을 끌어안은 탓에 지금까지 느껴보지 못했던 부드러움을 전해줬다. 극상의 부드럽고 촉촉한 핫케이크보다 더 부드럽다.

하반신의 핑크색 팬티는 갑자기 끌어안아서 거의 못 봤지만, 섬세하고 얇은 천이라는 정도는 알 수 있었다. 팬티라기보다는 쇼츠라고 부르는 쪽이 어울린다. 허리에서 엉덩이로 흐르는 라인이 신성할 정도로 아름다웠다.

그리고 새하얗고 확실한 굴곡이 있는 복부, 늘씬하면서도 부드러워 보이는 허벅지 같은 것들이 일제히 자기 존재를 주장했다.

안경을 쓴 청순해 보이는 얼굴에, 이런 몸.

엄청나게 고혹적인 몸매를 지닌 여신이잖아……!

떨고 있는 미츠키 씨가 눈물을 글썽이면서 날 올려다봤다. 그 표정만으로도 내 이성이 또다시 무한한 공간 저 멀리로 날아가 버릴 것만 같았다.

"오, 옷 갈아입으려고 벗었더니, 나, 나, 나왔어⋯⋯."

"나왔다뇨, 설마 도둑이요?"

"아, 아냐. 그게 아니라."

그렇게 말하면서 미츠키 씨가 나한테 집안으로 들어오라고 했다.

오오, 미츠키 씨네 집에 처음 들어와 본다─!

우리 집과 똑같은 투 룸 구주. 작은 방 쪽으로 날 데려갔다.

커튼 등을 핑크색으로 꾸민 방. 아주 달콤한 향기가 났다. 작은 인형도 여러 개 놓여 있다. 바닥에 깔린 이불이 대충 깔려 있고.

저 이불에서 미츠키 씨가 매일 밤 자는구나, 하고 빤히 쳐다볼 뻔했지만, 그런 것을 보고 흥분할 틈도 없었다.

미츠키 씨가 "저, 저거──" 하고, 힘없는 목소리로 말하면서 천장을 가리켰고.

거기에는 시커멓게 빛나는 바퀴벌레가 있었다.

"⋯⋯꽤 큰 놈이네요."

"나, 바퀴벌레 진짜 싫어!! 살려줘 후지모토 군."

미츠키 씨한테서 살충제와 둥글게 만 신문지, 티슈 상자를 받아들고, 미츠키 씨를 부엌에서 기다리게 하고 바퀴벌레가 있는 방의 문을 닫았다.

사실은 나도 바퀴벌레를 정말 싫어한다.

하지만 사랑하는 사람이 나한테 기대하고 있으니, 어떻게든 해야만 한다.

살충제로 선제공격. 바퀴벌레는 재빨리 피했다.

연속으로 살충제 살포. 바퀴벌레가 허둥댄다.

하지만 여기서, 궁지에 몰린 쥐가 고양이를 문다는 것처럼 반격에 나섰다.

바퀴벌레가 하늘을 날았다.

"으악!!"

얼굴을 향해 날아온 바퀴벌레를 피하기 위해서 등을 뒤로 젖혔다.

"후지모토 군?!"

"괘, 괜찮아요."

허리에서 뿌득하는 소리가 나긴 했지만.

그런 식으로 격투를 벌인 시간이 약 3분──.

나는 크게 한숨을 쉬면서 미츠키 씨가 기다리는 부엌으로 귀환했다.

"해치웠어요……."

"고마워……!"

란제리 차림의 비너스가 영웅을 바라보는 눈빛으로 나를 맞이했다.

"티슈를 일곱 장 겹쳐서 잡았어요. 이놈은 제 방에 가서 버릴게요."

"정말 고마워. 후지모토 군, 정말 멋있다."

왠지 새삼 나한테 반한 것 같은 느낌이라서 나쁘지는 않네.

미츠키 씨가 한마디 할 때마다 몰캉몰캉한 흉부도 출렁출렁 흔들렸다.

"아뇨, 도움이 돼서 다행이네요."

그리고 나는 그 부위에서 눈을 피하면서 말했다.

"정말, 정말로 고마……."

다시 한번 고맙다고 말하려던 미츠키 씨가 굳어버렸다.

얼굴은 고사하고 새하얀 가슴 언저리까지 새빨개졌다.

이제야 미츠키 씨가 자신이 옷을 갈아입는 중의 파렴치한 차림새라는 걸 알아차린 것이다.

바퀴벌레를 발견한 순간에 필적할 정도의 비명 소리가 밤의 아파트에 울려 퍼졌다.

……한 마리 있으면 어쩌구라는 말이 있으니, 내 방에서 쓰던 바퀴벌레 구제 용품 중에 남은 것들을 전부 미츠키 씨 방에 가져다줬고, 미츠키 씨는 안심하고 잠들 수 있게 됐다.

결국 동아리는 이름뿐인 미술부에 들어가기로 했다.

중등부 때부터 친구였던 마츠시로 코이치가 동아리 인원수를 채워달라고 부탁했기 때문이다. 고문은 F반 담인 호리우치 마사미 선생님. 얼마 전에 호시노가 미인이라고 했던 선생님이다.

입부 신청서 낼 때 처음 봤는데, 딱 봐도 예술가다운 느낌이 있는 미인 선생님이었다. 뭐, 난 미츠키 씨가 더 귀엽지만.

내가 미술부에 들어갔다고 말했더니, 미츠키 씨가 호리우치 선생님에 대해 가르쳐줬다.

"호리우치 마미 선생님? 미인이지. 제일 친한 선생님이야. 그렇게 예쁜데 애가 둘이라니까."

"결혼하셨을 것 같기는 했는데, 자식까지 있나요."

아무리 봐도 그렇게 보이지 않는데.

"응. 『취미는 출산, 특기는 안산』이라고 학생들한테도 말하고 다닌다고 했으니까, 조금 지나면 가르쳐 줄 거야."

"예에……."

이 사실을 알게 되면 호시노가 더 크게 상심할지도 모른다.

어쨌거나 호리우치 선생님 같은 미인 선생님이 고문이라도 동아리 인원을 확보하기 힘들다니, 선생님들도 참 힘든 것 같다. 미츠키 씨네 수예부도 걱정됐는데, 어째선지 매년 최소 인원은 확보하고 있다는 것 같다.

그리고 미츠키 씨 얘기인데, 정식으로 수업이 시작되고 나서 의외의 사실을 알게 됐다.

학생들을 가르치는 모습이 정말 멋지다.

"최근에는 지구과학을 채택하지 않은 학교도 많아지고 있습니다. 게다가 이과 지망자는 물리나 화학을 이수하는 경우가 많고, 지구과학은 문과 지망자들이 많이 이수하죠. 하지만 지구과학은 지구와 우주에 대한 학문으로——."

조례나 첫날 오리엔테이션을 봤을 때는 그냥 조용히 말하는 사람일 거라고 생각했다.

그런데 정말 잘 가르친다. 왠지 시원시원하고, 수업 중에 엉뚱하게 새는 이야기들도 재미있다. 지구 위에 있는 구름은 항상 거의 일정한 양이고, 극단적으로 늘어나거나 줄어드는 일이 없다는 것도 처음 알았다.

"여러분 중에는 지구과학이 수험에 도움이 안 되니까 '버린다'고 생각하는 사람이 있을지도 모릅니다."

교실 안에서 몇 명이 얼굴을 마주 보며 씁쓸하게 웃었다.

그런 건 다 알고 있다는 듯이, 미츠키 씨가 계속해서 말했다.

"하지만 그건 정말 아까운 일입니다. 우리 은하 속에 있는 지구에 태어났으니까, 지금 자신이 살고 있는 이 아름다운 곳에 대해 배우는 것은 정말 훌륭한 일이라고 생각합니다."

은하나 우주에서 본 지구의 사진을 보여주면서, 미츠키 씨가 표정 하나 바꾸지 않고 설명했다. 다른 학생들도 전부 수업에 빠져들기 시작했다.

이런 미츠키 씨가 집에 돌아가면 따뜻한 옷을 입고 누워 있거나 포테이토칩을 먹으면서 '직원회의 힘들었어~'라면서, 어린애처럼 응석을 부리다니. 뭐야 이 귀여운 생물은.

우리 반에 그 누구도 모르는 미츠키 씨의 갭에 나 혼자 마음속에서 대미지를 입으면서 진지하게 수업을 들었다.

지구과학 교실에서 수업이 끝나고 우리 교실로 돌아오는 도중에 호시노가 말을 걸었다.

"너 아까 엄청 열심히 듣더라."

"재미있잖아."

"그렇긴 했지. 그런데 미쿠리야 선생님은 너무 고지식하다니까. 좀 웃기는 얘기도 했으면 좋겠는데."

"웃기는 얘기……."

내 방에서 10년 전 개그를 던졌다가 내가 이해하지 못해서 어색한 분위기가 되는 일이 종종 있거든. 개그가 실패한 데 대한 충격과 세대 차이에 대한 슬픔이 어우러지면서 미츠키 씨가 꽤 큰 대미지를 받는다…….

"우리 담임은 그럴 사람이 아니잖아."

그때 마츠시로가 끼어들었다.

"뭐, 무리겠지."

호시노가 거창하게 한숨을 쉬었다.

"무리야, 무리. 그리고 저 성격이면 어떤 개그를 해도 안 웃길 거야."

마츠시로는 호시노와 비교하면 날씬한 체격이고, 약간 삐딱한 구석이 있다.

"그렇겠지."

마츠시로의 말에 호시노가 적당히 고개를 끄덕였다.

니들이 몰라서 그렇지, 사실 미츠키 씨는 정말 귀엽거든.

밥을 맛있게 먹으면서 웃는 얼굴이라든지, 잘 못 하는 『슈퍼 스ㅇ리트 파이터Ⅱ』에서 질 것 같을 때 눈물을 글썽이는 모습이라든지, 정말 끝내주거든.

"미쿠리야 선생님은 집에서도 저러겠지."

"왠지 할머니처럼 다시마차 같은 거 마실 것 같아."

내가 마츠시로와 호시노의 대화를 애매하게 듣고 있었더니, 아주 제멋대로 떠들고 있다. 그리고 다시마차가 뭐 어때서.

분명히 집에서도 기본적으로는 수수한 교사 모드가 메인이다. 하지만 엄청나게 귀엽다.

그리고 미쿠리야 씨한테는 변신한 모습도 있다.

갑자기 안경을 벗고는 초절미인 모드로 변신해서 날 간질이는 엄청난 성희롱의 파괴력. 그럴 때 가슴팍이 슬쩍 보이기라도 하면, 어쩔 수 없이 바퀴벌레 퇴치 때의 란제리 차림이 떠오르게 된다.

내가 잘도 이성을 유지하고 있네——.

"그나저나 후지모토, 너도 지구과학 수업 정말 열심히 듣더라."

"마츠시로, 네가 보기에도 그랬지? 다른 수업에도 열심히 듣긴 했지만, 너 혹시 미쿠리야 선생님한테 반한 거 아니냐?"

호시노가 어깨동무를 했다. 무의식적인 일격이 정말 무섭다.

"아니라고." 바로 부정.

"오, 얼굴 빨개졌다."

얼굴이 뜨거운 건 호시노의 팔에서 도망치려고 살짝 거칠게 움직여서 넘겼다.

"그나저나 여자 친구는 대체 어떻게 해야 생기는 거냐고."

갑자기 여자 쪽에서 프러포즈하면 생기는 거야, 라는 말은 못 하겠다.

"후지모토 넌 여자 친구 사귀고 싶지 않냐?"

"뭐, 일단 지금은."

이미 있으니까…… 라는 말도 못 하겠고.

"너 역시 미쿠리야 선생님 좋아하는 거 아니냐."

"아니라고."

호시노는 이런 이야기를 좋아한다니까.

그때, 마츠시로가 이런 얘기를 꺼냈다.

"미쿠리야 선생님 말이야, 사실은 가슴 엄청 큰 거 아냐?"

빠직——.

"지금 뭔가 이상한 소리 안 났냐?" 호시노가 말했다.

"아무 소리도 못 들었는데." 내가 말했다.

"미쿠리야 선생님 말이야, 가운 때문에 잘 안 보이지만, 엄청나게 크더라." 마츠시로가 계속 말했다.

호시노가 눈을 번쩍거리면서 물었다.

"진짜냐."

"진짜라니까. 얼핏 보면 수수해 보이지만 은근히 가슴이 크다니, 이거 장난 아니잖아."

빠직빠직——.

"진짜 무슨 소리 들렸는데" 호시노가 초조해한다.

……소리는 내 필통에서 나는 소리다.

마츠시로의 말 때문에 나도 모르게 샤프펜슬을 세게 쥐어서 금이 가는 소리다.

"기분 탓이겠지."

"나도 들었는데." 만악의 근원 마츠시로.

"기분 탓이야"라고 계속 우겼지만, 손이 살짝 떨렸다.

마츠시로 네 이놈, 미츠키 씨를 그런 음탕한 눈으로 쳐다보지 마라.

"다, 다음 수업은 수학이지. 아, 귀찮아. 매일 체육만 세 시간씩 했으면 좋겠다."

호시노가 다른 이야기를 꺼냈다. 이 녀석의 분위기 파악 능력은 정말 대단하다. 그리고 마츠시로한테는 언젠가 복수해야지.

그렇게 결심했을 때, 갑자기 여자 목소리가 들려왔다.

"흠, 흠. 후지모토 군은 고지식한 성격에 수수해 보이는 여성을 좋아한단 말이지."

"어, 규. 또 취재냐."

호시노가 말하자 그 여자── 같은 반 우시쿠 하루코가 빙긋, 하고 멋지게 웃으면서 대답했다. 드디어 호시노에게서 벗어났다.

힘이 넘치는 사이드 테일 머리의 키가 작은 아이. 덧니가 차밍 포인트라는 것 같다. 신문부 소속. 항상 DSLR 카메라를 목에 걸고, 한 손에 메모장을 들고 교실 안을 돌아다닌다.

쾌활하고 얼굴도 귀여운 게 작은 동물 같은 느낌이라서 「우시쿠(牛久)」라는 성에서 따온 「규(牛 일본어로 규)」라는 별명으로 불리고 있다. 이쪽도 고등학교에서 새로 들어온 쪽이지만, 사람들과 잘 어울리고 있다.

"반 친구 소개호 취재임다."

규가 척, 하고 경례를 했다.

"너 키가 작아서 그런지, 그렇게 경례하면 꼭 초등학생처럼 보인다."

"호시노 군, 너무한다! 지금 그건 '성희롱'임다! 본지에서 규탄할검다!"

"뭔 소리야."

호시노는 그냥 웃어넘겼다. 뭐, 규도 진심은 아닌 것 같지만.

"그쪽은 농담이지만, 후지모토 군에 관한 의혹은 추궁할 겁다."

"내 의혹은 또 뭔데."

규가 메모장을 들고서 씩 웃었다.

"좀 전에 말한 여성 취향 말임다."

"거기에 무슨 의혹이 있는데."

"없어도 의혹이라고 하면 판매 부수가 늘어나는 법임다."

"사기잖아!"

규 너야말로 규탄 당해야겠다.

"아니~ 반 친구 소개를 하려고 이래저래 취재하고 다녔는데, 후지모토 군만 기삿거리가 전혀 없어서 곤란한 상황임다."

"내가 아무것도 없는 사람이라고 하는 것 같은데."

하지만 마음에 걸리는 건 있다.

미츠키 씨를 지키기 위해서라도, 좋건 나쁘건 눈에 띄지 않으려고 했으니까.

"본지는 장기 밀착 취재를 중요하게 여김다."

장기 밀착 취재. 완전히 다 캐내겠다는 소리잖아.

"야, 규. 난 밀착취재 안 하냐."

"호시노 군은 이미 기삿거리가 나왔슴다."

"뭔데."

"『야구부의 기대주, 매니저를 좋아하다가 격침』."

"그걸 어떻게 알았어!"

호시노가 규랑 노닥거리는 사이에 나는 슬쩍 그 속에서 빠져나왔다. 밀착취재라도 당하면 큰일이니까.

그때, 뒤쪽에서 다가온 미츠키 씨가 우리를 앞질러갔다.

슬쩍 보인 옆얼굴이, 나를 향해 절대영도의 차가운 시선을 던졌다.

그날, 미츠키 씨는 일 때문에 늦는다면서 같이 저녁을 먹지 않았다.

다음 날 아침에도, 미츠키 씨는 아침을 먹자마자 허둥지둥 나가버렸다.

그런 와중에, 갑자기 사건이 벌어졌다.

우리 학교는 점심이 급식이 아니다. 부속 중학교에서는 급식이었지만, 고등학교에서는 도시락을 싸가거나 사서 먹어야 한다. 학교 안에 매점도 있고 근처에 편의점도 있어서 점심을 사먹는 학생들도 적지 않았다.

미츠키 씨가 당연하다는 것처럼 도시락을 싸주겠다고 했지만, 아무래도 그건 너무 미안하니까.

그리고 아직 다른 애들한테 비밀로 하고 있지만, 우리 반 애들이 내가 자취한다는 걸 알게 됐을 때 도시락을 싸왔다면 어떻게 될까. 남자 고등학생이 매일 자기 손으로 도시락을 싼다고 하면, 솔직히 말해서 난 못 믿을 것 같다.

그런 이유로 점심에도 미츠키 씨가 해준 밥을 먹고 싶지만, 안전을 위해서 점심은 학교 매점에서 빵을 사 먹든지 하고 있다.

참고로 입학한 지 얼마 안 되기는 했지만, 내가 자주 사는 건 소시지가 하나 들어간 아메리칸 핫도그 같은 빵. 케첩이 아니라 마요네즈가 들어간 것도 마음에 든다. 게다가 '한판 승부'라는 씩 씩한 이름. 나뿐만 아니라 다른 사람들도 좋아하는 매점의 인기 상품이다.

마실 것은 그날 기분에 따라서 정한다. 우유를 마시는 날도 있고, 카페오레나 탄산으로 할 때도 있다. 오늘은 탄산을 마시고 싶은 기분이었다.

매점은 학교 남쪽 건물 2층과 북쪽 건물 2층을 연결하는 연결 통로에 있다. 남쪽 건물은 소위 말하는 보통 교실이고, 북쪽 건물은 미술실이나 조리실 같은 특별 교실들이 차지하고 있다. 그리고 특이하게도 지구과학실은 남쪽 건물 1층에 있다.

점심시간이 되면 매점이 엄청나게 붐빈다. 남자도 여자도 가릴 것 없다. 여기는 전쟁터다.

교실 배치 관계상, 매점에서 제일 가까운 남쪽 건물 2층에 교실이 있는 3학년들이 제일 먼저 사러 온다. 우리 1학년은 남쪽 건물 3층. 2학년은 남쪽 건물 안쪽 2층과 3층으로 나뉘어서 배치됐기 때문에, 매점에서 제일 멀다.

"오늘도 사람 많네~"

마츠시로가 짜증난다는 투로 말했다.

"누구나 점심밥은 중요하니까."

"나도 호시노처럼 도시락 싸달라고 할까."

마츠시로가 탄식했다. 호시노는 야구부 연습도 있다 보니 점심

도시락에 고기가 많이 들어가는 경우가 많고, 야구부 연습하러 가기 전에 먹으려고 주먹밥도 싸가지고 온다.

"오, 후지모토 군도 매점임까."

DSLR을 목에 건 규가 말을 걸어왔다.

"규 너도?"

"그렇습다. 마침 잘 만났습다." 찰칵. 찰칵.

"그건 그렇다 치고, 왜 여기서 내 사진을 찍는데?"

"밀착 취재임다."

"매점에서 우연히 만났을 뿐인데."

"그렇지도 않습다. 하루 종일 따라다니고 있습다."

"너 그거 꽤 위험한 소리다."

스토커 행위는 그만뒀으면 좋겠는데. 이미 충분하니까.

"너희 둘, 빨리 안 사면 다 팔린다."

마츠시로를 재촉해서 매점으로 들어가려고 한 그 때.

누가 뒤에서 등을 세게 떠밀었다.

"어이쿠."

비틀거리다가 마츠시로에게 부딪쳤다. 고개를 돌려보니 뒤에서 온 남학생이 날 밀치고 매점으로 들어가고 있었다. 왠지 기분이 나쁘다.

지금 나한테 부딪친 남자가 슬쩍 이쪽을 봤다. 안경을 썼고 차가운 눈빛이다. 키는 나보다 작지만 1학년 교실에서는 못 본 얼굴. 이제야 왔으니까 2학년일지도.

그 남학생은 대놓고 나한테 부딪치고 나랑 눈까지 마주쳤지만 무시했다.

기분 나쁜 놈이네, 라고 생각했다.

"괜찮냐."

마츠시로가 조금 짜증내며 말했다. 아무래도 아까 그 녀석 짓이라는 걸 알아차린 것 같다.

"응, 미안해."

다행이 나랑 마츠시로가 먹을 한판 승부는 확보했다. 마츠시로는 다른 빵도 집어 들고 재빨리 계산하러 갔다.

"제 건 없슴까."

내 뒤에서 펄쩍펄쩍 점프하며, 규가 힘없는 목소리로 물었다.

"아…… 없네."

"쿠웅."

규가 보란 듯이 축 늘어졌다. 트레이드마크인 사이드 테일 머리카락도 힘없이 축 처진 것처럼 보였다.

"혹시 규 너도 한판 승부 사려고 했어?"

"훌쩍훌쩍. 우리 학교에 한판 승부를 싫어하는 사람은 없슴다."

진짜로 눈물을 글썽이고 있다.

조금 생각하고, 내가 먹으려던 한판 승부를 내밀었다.

"이거, 네가 먹어."

"예? 정말임까."

"여자가 먹고 싶어 하는 걸 나 혼자 먹으려니까 왠지 그래서."

갑자기 규가 내 두 손을 꼭 잡았다.

"후지모토 님~"

"뭐 하는 거야."

"정말 마음이 넓은 분이심다. 제가 후지모토 짐을 칭송하는 기사를 연속 특집으로 쓰고 싶슴다!"

"사양할게."

뭐, 그렇게까지 좋아해 주니 나도 기분이 나쁘진 않지만.

자, 한판 승부 대신 뭘 살까. 참치 샌드위치나 야키소바 빵은 없는지 안쪽을 봤더니, 아까 나한테 부딪친 남학생이 있었다. 하지만 저쪽은 내가 안 보이는 것 같다. 이상할 정도로 차가운 얼굴이다.

그런 주제에 주위 상황은 자주 확인하고 있고.

"왜 그러심까."

한판 승부를 소중하게 들고 있는 규가 물었다.

"아, 그냥."

내 시선이 향한 곳을 본 규가 눈살을 찌푸렸다.

"2학년 A반 호사카 다이스케 선배네요."

"아는 사람이야?"

"신문부 정보력을 얕보면 안 되지 말입니다."

그렇게 말하면서 평평한 가슴을 활짝 펴고는, 작은 소리로 말했다.

"고등학교 때부터 들어온 사람이고, 호사카 선배네 아버지가 시의회 의원인데다 우리 학교에 기부금을 많이 내고 있슴다. 그래서 아주 건방지게 구는 사람임다. 하지만 공부도 운동도 제대로 하는 게 없어서, 다들 뒤에서는 무시하고 있슴다. 후지모토 군도 웬만하면 얽히지 않는 게 좋을 걸다."

"하아. 그렇구나."

"그럼, 저는 계산하러 가겠습니다."

다시 한번 호사카 선배 쪽을 본 그 순간.

보고 말았다.

호사카 선배가 가까이에 있던 러스크를 교복 속에 숨기는 걸.

저 인간, 혹시 훔치려고—?

말을 걸려다가 그만뒀다. 여기는 매점 안. 계산하러 가려는 건지도 모른다.

하지만 이대로 매점 밖으로 나가면── 훔치는 게 된다.

나는 남아 있는 몇 안 되는 빵을 고르는 척하면서 호사카 선배를 감시했다.

호사카 선배는 주먹밥과 차를 집었고, 계산대에 가서 계산했다.

하지만 교복 안쪽에 넣어둔 러스크는 계산하지 않았다.

그래도 호사카 선배가 매점 밖으로 나갔다.

나도 선배를 따라서 밖으로 나갔다. 선배는 알아차리지 못했다. 빠른 걸음으로 다른 곳으로 가려고 했다.

그 선배의 어깨를, 힘껏 붙잡았다.

"호사카 선배, 교복 안쪽에 계산하지 않은 러스크가 있죠?"

어깨를 붙잡힌 호사카 선배가 몸을 비틀어서 내 손에서 빠져나가려고 한다. 하지만 그러기에는 힘이 너무 약하다.

"이거 놔!"

호사카 선배가 소리치면서 내 뺨을 때렸다.

묵직한 아픔. 예상 밖이었다. 하지만 어깨는 놓지 않았다.

호사카가 날뛴다. 호사카의 팔꿈치. 입술에 맞았고 감각이 사라졌다. 호사카가 무릎으로 내 배를 때렸다.

결국 나도 때렸다. 주위에 있는 학생들이 웅성거린다. 여학생의 비명.

쓰러진 호사카 위에 올라탔다. 교복 상의 속에 손을 집어넣는다. 증거물인 러스크를 잡았다. 조금 부서져 있다.

그때였다.

"야, 너희들 뭐 하는 거야!"

"후지모토 군!"

익숙한 목소리가 들렸다.

고개를 들었더니 몸이 억지로 위로 올라갔다.

어느새 남자 체육고사 두 사람이 내 두 팔을 붙잡고 있었다.

"이거 놔요, 저 녀석이——."

호사카를 규탄하려고 했지만, 말문이 막혔다.

"후지모토 군……"이라고 말하며, 미츠키 씨가 눈물이 잔뜩 고인 눈으로 날 보고 있었기 때문이다.

입학하고 두 번째로 온 학생 지도실은 묘하게 쌀쌀했다.

5교시 수업 중이다보니 학교 전체가 이상할 정도로 조용했다.

지난번과 마찬가지로, 내 눈앞에는 담임인 미츠키 씨가 앉아있다.

입학식 때는 미츠키 씨한테 프러포즈를 받는 전개였지만, 지금은 어떤 의미에서는 정반대. 나는 체육과에서 유도를 담당하는 학년주임 선생님한테 실컷 혼나고, 그 뒤에 담임 미츠키 씨한테서 엄한 지도를 받는 걸로 돼 있다.

학년 주임 선생님한테 혼나면서, 이쪽이 제대로 된 학생 지도실 이용 방법이라고 생각할 정도의 여유는 있었다.

사정도 잘 설명했다.

하지만 미츠키 씨와 단둘이 남게 되고, 여전히 미츠키 씨 안경 너머에 고여 있는 눈물을 봤더니 아무 말도 할 수가 없었다.

"죄송합니다……."

호사카의 절도 행위를 막은 것은 잘못된 일이 아니라고 생각한다.

하지만 미츠키 씨한테 이런 표정을 짓게 만든 내가 너무나 한심했다.

고개를 완전히 숙이면 눈물이 떨어질 것 같아서 조금만 숙였다.

"후지모토 군, 다른 방법은 없었어?"

미츠키 씨가 손수건을 입에 대고, 콧물을 훌쩍이면서 말했다.

나는 또 한 번 "죄송합니다"라고 사과하는 수밖에 없었다.

미츠키 씨는 한 번 더 코를 훌쩍이고 말을 시작했다.

"그 2학년 학생은 『저쪽이 먼저 폭력을 휘둘렀다』고 말하고 있어."

"──선생님은, 그 사람 말이 사실이라고 생각하시나요?"

"절대로 아니야!"

미츠키 씨가 바로 부정했다. 완전히 단 둘이 있을 때의 말투다.

"고맙습니다."

"하지만 후지모토 군, 난 네 담임이야. 담임이라서 네 편을 드는 게 아니냐고 말하는 선생님도 있어."

그 말에 뭔가 마음에 걸리는 게 있어서, 일부러 이런 말을 했다.

"호사카는 부모가 시의회 의원이고 기부금도 많이 내기 때문인가요. 그 기준으로 생각한다면 분명히 제가 신용도가 낮겠네요."

"후지모토 군, 지금 그런 얘기를 하는 게 아니잖아."

"하지만 그런 얘기를 해서 미쿠리야 선생님을 난처하게 만드는 교사가 있는 것도 사실이잖아요?"

미츠키 씨가 대답하는 대신 한숨을 쉬었다.

아무래도 생각보다 불리한 상황인 것 같다.

종소리가 울렸다. 5교시 수업이 끝났다. 오늘 수업은 이대로 끝.

하지만 아무래도 나는 한참 동안 여기에 있어야 할 것 같다.

수업이 끝나자 갑자기 복도가 시끄러워졌다. 하지만 학생 지도실만은 조용했다.

무거운 침묵을 견디고 있는데, 갑자기 누가 학생 지도실 문을 요란하게 두드렸다.

"미쿠리야 선생님, 여기 계시다고 들었습니다. 저는 신문부 우시쿠 하루코입니다. 매점 폭력 사건의 진상을 가지고 왔습니다!"

나도 모르게 미쿠리야 선생님과 얼굴을 마주 봤다. '매점 폭력 사건'이라니, 엄청난 이름이네.

그러는 동안에도 문을 쾅쾅 두드리는 소리가 계속 들려왔다.

"선생님, 빨리 열어주지 않으면 문이 『슈퍼 스ㅇ리트 파이터Ⅱ』에 보너스 스테이지처럼 파괴될 거예요."

"그, 그렇겠네."

표정 변화가 적은 수수한 교사 모드로 변한 미츠키 씨가 문을 열었다. 계속 문을 두드리던 사이드 테일의 키 작은 여학생이 자기 기세를 못 이기고 미츠키 씨한테 부딪쳤다.

"우와! 가운 때문에 몰랐는데, 미쿠리야 선생님 가슴은 극상의 마시멜로네요. 이건 메모해둬야지."

"하지 마세요." "하지 마."

미츠키 씨와 내가 동시에 말했다. 이 덧니 여자애야말로 성희롱으로 규탄받아 마땅하다.

"그래서, 조금 전에 사건의 진상을 가지고 왔다고 하던데?"

미츠키 씨가 거의 관공서 민원실 직원 같은 말투로 묻자, 규가 목에 걸고 있던 DSLR의 화면을 우리한테 보여줬다.

"이걸 보세요."

"이건……?"

"후지모토 군 증언이 사실이라는 증거 사진임다."

미츠키 씨가 들여다봤고, 나도 그 뒤에서 고개를 내밀어서 쳐다봤다.

거기에 찍혀 있는 건 문제의 호사카가 러스크를 품에 집어넣는 결정적인 순간이었다.

"이 사진── 규 너, 잘도 찍었다."

내가 놀라서 말하자, 규가 작은 가슴을 나름대로 활짝 폈다.

"신문부를 우습게 보지 마십쇼. 후지모토 군이 호사카 선배를 보는 게 뭔가 있는 것 같아서, 금단의 관계인가 하고 몰래 카메라를 준비했습다."

"동기에 대해서는 의문이 가지만, 잘했다, 규."

"그게 다가 아닙다." 규가 자랑스레 카메라를 조작했다. "동영상도 있습다."

"아, 이 동영상은——."

미츠키 시가 깜짝 놀라서 큰 소리를 냈다. 나도 영상을 보고는 나도 모르게 "오오" 하고 소리를 내고 말았다.

규가 보여준 영상은 러스크를 교복 속에 숨긴 호사카가 나머지만 계산하고 매점에서 나가는 모습이었다.

이걸로 절도 확정이다.

그리고 그 호사카를 내가 불러 세우고 도망치지 못하도록 어깨를 붙잡는 모습도 찍혀 있다. 영상으로 내 모습을 보는 건 사진보다 더 어색하네. 게다가 절도범을 놓치지 않겠다고 붙잡는 장면이다. 꽤 무서운 표정이네.

그런 나한테 날뛰는 호사카. 그리고 마침내, 호사카가 먼저 날 때리는 순간까지 사건의 전말이 완벽하고 변명의 여지가 없을 정도로 찍혀 있었다.

디지털 카메라라서 가능한 일이었다.

"이게 결정적인 순간임다. 아까 그 사진은 이 영상에서 캡처한 겁다."

규가 큰 소리로 선언했다.

"이 사진과 영상은 호사카 군이 훔쳤다는 분명한 증거네. 후지모토 군한테 잘못이 없다는 증거도 되고."

미츠키 씨, 겉모습은 수수한 교사지만 상당히 흥분한 것 같다. 내가 수수한 교사 모드의 미츠키 씨의 표정을 어느 정도 읽을 수 있는 수준이 된 건지도 모른다.

"미쿠리야 선생님, 이 사진을 학년주임 선생님이랑 호사카 선배 본인한테도 보여주세요."

"그래야겠네."

수수한 교사 모드이기는 하지만, 눈물 점 언저리의 분위기를 보면 엄청나게 기뻐하고 있는 것 같다.

"출력한 걸 가지고 가시면 됩다."

준비 잘했네.

"헤헤. 같은 반 친구의 누명을 풀어주기 위해서임다. 신문부는 정의의 편이니까. 영상도 복사해뒀으니까 안심하세요."

나한테 여기서 기다리라고 말하고, 미츠키 씨가 출력한 사진과 규의 카메라를 들고 학생 지도실 밖으로 나갔다.

"규."

"뭡니까."

"정말 고마워."

규의 눈을 똑바로 보면서 고개를 숙였다.

갑자기 규가 허둥댔다.

"그, 그렇게 나오면 창피합다. ……아, 그래요, 한판 승부를 양

보해준 답례임다."

이 녀석, 좋은 녀석이구나.

한참 지나서 미츠키씨가 돌아왔다. 학년주임 선생님과 함께.

"네가 이 사진이랑 동영상을 찍었냐."

학년주임 선생님이 규한테 물었다.

"그렇슴다. 미쿠리야 선생님네 1학년 E반 우시쿠 하루코임다. 신문부임다."

학년주임 선생님이 한숨을 쉬었다. 미츠키 씨는 미묘하게 뚱한 표정이다.

"이게 다냐?"

"예?"

규가 학년주임 선생님한테 되물었다.

"이 사진과 영상을 본 상대 학생이 이렇게 반박했어.『이 녀석이 협박해서 훔쳤다. 무서워서 도망치려고 했더니 붙잡았다』라고."

미츠키 씨, 호사카의 호자도 말하지 않았다.

"저는 그런 사람 몰라요. 매점에 가려고 하는데 갑자기 뒤에서 부딪쳐왔던 정도예요."

"그쪽도 널 모르는 것 같다.『모르는 녀석이 쉬는 시간에 갑자기 붙잡더니 훔치라고 강요했다』라고 말하고 있다."

"선생님은 그 말을 믿으세요?"

아니면 내가 그런 짓을 저지를 것 같다고 믿을 정도로 신용도가 낮은 걸까, 아니면 인상이 나쁜 걸까.

하지만 학년주임 선생님도 그 말을 듣고 씁쓸하게 웃었다.

"전혀. 하지만 학생이 그렇게 말하니까 일단은 확인해야지."

"그런가요"라고 대답할 수밖에 없었다.

학년주임 선생님이 귀찮다는 듯이 솔직하게 말했다.

"솔직하게 말해서, 2학년 호사카가 잘못했을 거라고 생각한다."

"……그런 말을 해도 되나요."

"뭐, 일단 너는 중학교 시절에 학생회 부회장도 했었으니까."

"아, 예. 고맙습니다."

확실하게 고등부에 진학하기 위해서 노력했던 일이 생각지도 못한 데서 도움이 됐다.

그리고, 라고 말하면서, 학년주임 선생님이 미츠키 선생님을 슬쩍 봤다.

"미쿠리야 선생님이 이렇게 화를 내는 것도 처음이니까. 너, 선생님이 많이 믿는 것 같다."

"예?"

나도 모르게 미츠키 씨의 얼굴을 똑바로 쳐다보고 말았다.

미츠키 씨는 내가 똑바로 쳐다보는데도 낯빛 하나 변하지 않았다.

완전히 수수한 교사 모드로 고정돼 있다.

학년주임 선생님이 그렇게 말했지만 미츠키 씨는 아무런 반응이 없다.

이 침묵이 미츠키 씨가 화를 났다는 뜻이라면, 정말 엄청나게 화가 났다는 것이다. 나는 아직 미츠키 씨의 표정을 읽는 재주가 부족한 것 같다.

"그러니까, 호사카의 말에 반박할 뭔가가 있으면 좋겠는데."

"선생님, 그렇다면 변호인은 이 사진도 추가 증거로 채택해 주실 것을 신청함다."

규가 오른손을 높이 들고 카메라를 보여줬다.

학교에 등교한 나. 실내화로 갈아 신는 나. 교실에서 호시노와 애기하는 나. 쉬는 시간에 화장실에 가는 나…….

"나만 잔뜩 찍은 이 사진들은 뭐야?"

규한테 묻는 목소리가 조금 작아졌다.

"지난번에 말한 대로, 우리 반 다른 사람들은 어느 정도 재미있는 기사거리가 생겼지만, 아무래도 후지모토 군만 아무것도 없슴다. 그래서 오늘부터 진짜로 밀착취재를 시작했슴다."

"정말로 그런 짓을 한 거야!"

밀착취재, 정말 무섭다. 전율했다. 선생님들도 완전히 질렸잖아.

하지만 정작 본인은 활짝 웃고 있었다.

"이 사진을 보면 후지모토 군이 자기 반 교실과 화장실 말고 다른 데는 간 적이 없다는 걸 알 수 있슴다. 게다가 오늘은 다른 교실에서 하는 과목도 없었으니까, 결과는 확실함다."

"뭐, 그렇겠네."

"애기하는 상대도 거의 호시노 군과 마츠시로 군. 친구가 거의 없는 것으로 추측됨다."

"지금 꼭 해야 할 애기야?!"

눈에 띄지 않으려면 친구도 적은 게 좋잖아. 나 지금 우는 거 아니다.

"한마디로 저쪽이 『협박해서 훔쳤다』고 말해봤자, 애당초 후지모토 군이 상대를 만나지도 않았다는 사실을 증명하게 된다는 뜻이군요."

"미쿠리야 선생님 말이 맞슴다!"

말하려는 뜻이 전해져서 기쁜 건지, 규가 미츠키 씨를 끌어안았다.

미츠키 씨와 정반대로 보이는 소녀의 힘찬 포옹에, 미츠키 씨가 깜짝 놀랐다.

조금 지나서, 드디어 내 혐의가 풀렸다.

규는 쌍수를 들고 기뻐했지만, 내가 학교 안에서 주먹질을 했다는 사실에는 변함이 없다. 휴학이나 정학 처분을 내리지 않는 대신에, 다시 한번 교감 선생님과 학년주임 선생님께 호되게 혼났다. "사정은 고려하지만 방법을 잘 생각하도록"이라는 내용이었다.

그리고 규도 밀착취재 방법을 다시 생각해보라는 말을 들었는데, 나로서는 당연하기도 하고 미안하기도 한 복잡한 기분이었다.

그 뒤에 내 신병은 다시 담임인 미츠키 씨한테 넘겨졌고, 다시 학생 지도실로 돌아왔다. 규는 이미 다른 데로 갔다.

한참 동안 마주 앉은 채로 아무 말이 없었지만, 미츠키 씨가 미소를 지으며 안경을 벗었다.

"잘 됐다네……."

미츠키 씨가 하얀 손가락으로 눈시울을 훔쳤다.

소중한 사람의 눈물 앞에 나는 또다시 할 말을 잃었다.

내가 똑바로 해야만 한다.

"죄송합니다──."

그렇게 사과하자, 미츠키 씨가 콧물을 훌쩍였다.

"앞으로, 당분간은, 훌쩍. 주위에서 곱지 않은 시선으로 쳐다보겠지만── 난 후지모토 군 편이니까."

"················!"

아까도 그랬다. 미츠키 씨는 처음부터 끝까지 계속 내 편이었다. 이 사람이 이렇게까지 날 지켜주고 있다고 생각하니까 뜨거운 한숨이 흘러나왔다.

하지만 학년주임 선생님이 깜짝 놀랄 정도로 날 믿어줬는데······ 괜찮으려나.

그것도 전부 날 감싸기 위해서.

나는 계속 미츠키 씨의 사회적 입장을 지켜줘야겠다고 생각했지만, 실제로는 미츠키 씨한테 부담만 됐다. 내가 문제를 해결하기 위해서 한 일은 거의 없다. 규가 스토커라고 하기 직전의 수준으로 오늘 내가 한 행동을 기록해준 덕분이다.

어린 애의 어설픔. 나 자신이 싫어질 것 같다.

"선생님이랑 규 덕분에, 살았어요."

내가 후회하는 마음을 담아서 말하자, 눈물을 닦은 미츠키 씨가 헛기침을 했다.

"'규'······."

"예. 그 녀석 덕분에 살았어요."

"그 사람한테 큰 도움을 받은 건 사실이지만…… 너무 친한 거 아냐?"

미츠키 씨의 목소리가 달라져 있었다.

"예……?"

"'규'라든지, '그 녀석'이라든지. 정신 나간 거 아니냐고?!"

"뭐요오오?!"

나도 모르게 큰 소리가 나오고 말았다. 다른 선생님들이 이상하게 생각하지는 않을까.

"계속해서 청문회를 열도록 하겠습니다."

미츠키 씨가 말했다.

"아, 예."

"후지모토 군, 바닥에 앉으세요."

"예?"

"무릎 꿇고."

지금이라면 눈빛만으로도 곰을 죽일 수 있을 것 같은 미츠키 씨의 눈빛에, 나는 바로 바닥에 무릎 꿇고 앉았다.

"저기요, 청문회라니 대체……."

"자비로운 마음으로, 귀하에게 변명할 기회를 드리겠습니다."

슥, 하고 안경을 고쳐 쓰는 미츠키 씨. 아으, 선생님이 무서워요.

"저기요, 변명할 기회라고 하셨는데, 제가 무슨 잘못이라도 했나요."

아까 내 편이라고 했잖아—?

온 세상 사람들이 사형 판결을 받을 거라고 생각하지만 자기 혼자만 사태를 파악하지 못한 불쌍한 피고인에게 판결을 내리는 판사처럼, 미츠키 씨가 무거운 목소리로 말했다.

"우시쿠 하루코 양과의 관계에 대해 자세히 진술하세요."

"……예?"

나도 모르게 얼빠진 소리를 냈다.

미츠키 씨 눈꼬리가 치켜 올라갔다.

"'예?'가 아니잖아요! 그, 그렇게 깜짝 놀란 표정을 지어도, 하나도 안 귀엽다고요!"

어째선지 얼굴이 빨개진 미츠키 씨. 냉혹한 판사는 어디로 가 버린 것 같다.

"저기, 규가 무슨 문제라도 되나요?"

"그러니까 그거!" 미츠키 씨가 오른손 집게손가락으로 나를 가리키면서 말했다. "뭔가요 그 '규'라는 호칭은?! 파렴치합니다!"

"파, 파렴치라뇨…… 같은 반 애들이 전부 그렇게 부르는데요."

"우리 반 애들이 전부 파렴치하다는 건가요?!"

"진정하세요."

"어제부터 신경 쓰였어! 수업 끝나고, 복도에서, 우시쿠 양한테 '규'라고, 친하게!"

미츠키 씨의 어휘력이 현저하게 저하됐다. 하지만 무슨 말을 하려는 지는 대충 알겠다.

"지구과학 교실에서 우리 반 교실로 돌아갈 때, 미츠키 씨가 엄청 무섭게 절 노려봤던 건 '규'…… 우시쿠 양이랑 제가 친하게 보여서 그랬던 건가요?"

그래서 어제부터 계속 뭔가 어색했던 건가.

"맞아아······."

조금 전까지의 기합은 어디로 갔는지, 미츠키 씨 어깨가 축 처졌다.

"학교에서는 선생님이니까 거리를 둬야 하는데, 후지모토 군은 다른 여자애랑 친하게 지내고. 이거 바람피우는 거야?"

"바람 같은 건 안 펴요. 미츠키 씨도 들었잖아요? 밀착취재 한다고 해서 도망 다니고 있다고요."

"미미미, 밀착?! 이 무슨 파렴치한!"

또 폭주하려는 미츠키 씨를 달랬다. 간신히.

"혹시 미츠키 씨, 혼자 쓸쓸했던 건가요?"

아직 어깨를 들썩이며 씩씩대던 미츠키 씨의 움직임이 멈췄다. 입을 꾹 다물었고, 점점 눈가에 눈물이 맺혔다. 미츠키 씨가 힘없이 의자에서 내려와서는 내 앞에서 무릎을 꿇고 앉았다.

"흑흑, 맞아아. 학교에서는 선생님으로 지내야만 해서, 정말 쓸쓸했어어. 후지모토 군은 바보야아. 바보 똥개."

훌쩍거리기 시작한 미츠키 씨한테 내 손수건을 내밀었다. 미츠키 씨는 고맙다는 말을 하고 그 손수건으로 눈물을 닦았다.

그렇겠지.

나도 학교에서 미츠키 씨랑 말을 못 하니까 재미가 없다.

하지만 나한테는 호시노나 마츠시로, 그리고 규도 있잖아.

미츠키 씨가 교무실에서 어떻게 지내는지는 모르겠지만, 사회인이니까 우리 같은 학생들처럼 잡담만 할 수도 없겠지. 미술 담당 호리우치 선생님이랑 사이가 좋다는 것 같지만, 호리우치 선생님은 기본적으로 미술실에 계신다는 것 같고(호시노가 제공한 정보).

"미안해요, 미츠키 씨."

내가 고개를 숙이자 미츠키 씨가 깜짝 놀랐다.

"아니야, 후지모토 군. 내가 혼자 질투했을 뿐이니까."

질투. 그 말에 살짝 미소가 지어졌다.

"미츠키 씨, 질투했었구나."

"……그래."

미츠키 씨가 입을 삐죽 내밀었다. ……귀여워 미치겠네.

"이런 상황이지만, 저 말이죠, 정말 기뻐요. 미츠키 씨가 질투해줘서."

"당연하지. 프러포즈 했잖아. ──청문회는 끝. 저녁밥은 뭐가 좋아?"

미츠키 씨가 빨갛게 달아오른 얼굴에 뾰로통한 표정을 지으면서 일어나려고 했다.

"그런데 미츠키 씨. 저도 질투하는 것 같은, 애매한 기분이 들거든요."

"뭐?" 일어나려던 미츠키 씨가 다시 자리에 앉았다. "후지모토 군도 질투? 어째서?"

고개를 갸웃거린 미츠키 씨가 어린애 같은 눈으로 날 응시했다. 나도 모르게 볼이 뜨거워졌다.

"아니, 질투라기보다는 발끈했다고 해야 하나."

"무슨 일 있었어?"

그렇게 말하면서, 미츠키 씨가 날 똑바로 쳐다보려고 했다. 나도 모르게 시선이 미츠키 씨의 가슴 쪽으로 향했다.

"우리 반 애가, 미츠키 씨한테, 그러니까, 가슴이 크다는, 이야기를 해서."

"뭐——?"

"수업할 때 미츠키 씨는 정말 잘 가르치고, 멋있고. 게다가 가슴도 크다는 얘기가 나와서……. 하지만, 난, 미츠키 씨를 누가 그런 눈으로 보는 게 싫고, 미츠키 씨도 빈틈을 주지 않았으면 싶고."

말하면서 내 얼굴이 뜨거워지는 게 느껴졌다. 본인 앞에서 가슴 크기 얘기를 하다니…….

미츠키 씨도 얼굴이 화르륵, 하고 새빨개졌다. 두 팔 사이에 가슴을 끼우는 자세가 돼서, 더더욱 엄청난 일이……. 상당히 거북합니다요.

"아으, 아으." 한참 동안 이상한 소리를 내던 미츠키 씨가 갑자기 안경을 벗었다.

이건—— 초절미인 모드……!

괜찮을까. 지금 이 상황에, 학생 지도실에서 이래도 되는 걸까——!

"후지모토 군, 걱정 안 해도 돼. 난 오로지 네 거니까."

"미, 미츠키 씨, 가까이 오지 마세요."

가슴을 모아서 크고 부드러운 그걸 더 강조하지 말라고요!

"우후후. 그러니까, 후지모토 군도, 자신이 누구 건지 잘 생각해서 행동해야 해. 알았지?"

"예, 알았어요."

미츠키 씨가 하얗고 가느다란 손가락으로 내 턱 언저리를 쓰다듬었다.

상기된 얼굴의 미모와 어우러져서, 이제 한계입니다. 살려주세요.

그 부탁이 통했는지, 미츠키 씨의 움직임이 딱 멈췄다.

영상을 되감는 것처럼 원래 자세로 돌아가서 안경을 썼다. 평소의 미츠키 씨로 돌아왔다.

정말이지, 이 사람은 대체 왜——.

부끄러움과 불끈불끈한 기분을 달래려고 하다가, 이런 말을 시작했다.

"미츠키 씨는 담임선생님이니까 기억하고 계실지도 모르겠는데, 중학교 1학년 때 저희 어머니가 돌아가셨거든요."

내가 말을 꺼내자 미츠키 씨도 진지한 표정을 지었다.

"응."

"그때는 이게 무슨 일인지 몰랐어요. 아버지는 돌아가신 어머니 몸에 매달려서 계속 울기만 했으니까, 제가 정신 차려야겠다고 생각했거든요. 하지만, 그 뒤로 서서히 알게 됐어요. 아, 이게 『슬픔』이구나, 하고."

"응."

미츠키 씨는 조용히 맞장구만 쳤다.

83

"그 뒤로 1년쯤 지나서 아버지가 재혼했어요. 솔직히 저는 쉽게 믿을 수가 없었어요. 어머니가 돌아가셨을 때 그렇게 울었으면서, 겨우 1년하고 조금 더 지났는데 재혼이라니. ──내 기분은 아직 그 자리에 머물러 있는데."

"…………."

"재혼한 분은 예쁘고 좋은 분이에요. 그분한테도 저보다 어린 여자애가 있고. 새어머니도 5년 전에 전남편이 사고로 돌아가셨다더라고요. 그래서 새엄마랑 동생이, 저희 아버지와 새로운 가정을 꾸리는 건 좋은 일이라고 생각하거든요. ……해결되지 않은 건 제 마음뿐이고."

"아버님을 탓하는 건 아니지?"

"지금은요. 하지만, 그때부터 저 자신에게 이렇게 말하기 시작했어요. 『세상에는 부조리한 일들이 일어난다. 갑자기 누군가가 죽거나 갑자기 결혼하거나. 그러니까 내가 옳다고 생각하는 일은 최대한 지키면서 살자』고 말이죠. 그러다 보니 아까 싸우기도 했고, 미츠키 씨를 엄청 귀찮게 만들기도 했어요. 이게 핑계는 안 되겠지만, 이렇게 말하는 자체가 아직 어린애 같은 짓이라고 보일 수도 있지만. 아무튼, 정말 죄송해요."

미츠키 씨가 또다시 내 손수건으로 눈가를 훔쳤다.

"후지모토 군, 그렇게 슬픈 눈은 하지 마."

미츠키 씨의 말을 듣고 깜짝 놀랐다.

"그런 눈, 안 했거든요."

"하고 있어. 후지모토 군한테는 안 보일 뿐이야. 저기, 후지모토 군. 나, 그런 슬픈 눈은 보고 싶지 않아. 내가 있는 힘껏, 널 지켜주고 싶어."

갑자기 가슴 속에서 뜨거운 뭔가가 치밀어 올라왔다.

"그거 왠지, 남자가 해야 하는 말 같은데 말이죠."

"그래도, 이게 내 진심이니까."

눈물이 살짝 나왔다. 창피하다는 기분이 들려고도 했지만, 지금 우는 건 창피한 일이 아닌 것 같다는 생각도 들었다.

미츠키 씨가 내 머리에 손을 얹었다. 마치 깃털처럼 부드럽다.

"자, 정말로 청문회 끝. 아까 처분은 아까 부교장 선생님이 한 말로 끝났을 테니까. 또 무슨 일이 있으면 내가 알아서 할게. 슬슬 여기서 나가자."

미츠키 씨가 싱긋 웃으면서 일어났다.

"아, 맞다. 미츠키 씨." 내가 미츠키 씨를 불렀다.

"왜에?"

"제가 둘만 있을 때 미츠키 씨를 이름으로 부르는 것처럼, 둘만 있을 때는 저도 이름으로 불러주세요. 『치사토』라고."

미츠키 씨가 헬렐레한 얼굴이 됐다.

"뭐야 그 멋진 발언은. 넌 날 행복하게 만들어주기 위해서 태어난 거야?"

"너무 거창하거든요."

미츠키 씨가 살짝 헛기침을 하고 내 이름을 불렀다.

"──치사토 군."

그 순간, 몸에 전기가 흘렀다. 쑥스러운지 살짝 고개를 숙이고 있는 미츠키 씨의 모습이 내 마음에 결정타를 날렸다.

좋아하는 사람이 내 이름을 불러주는 게, 이렇게 행복한 일이구나.

또 하나, 우리 둘만의 새로운 규칙이 생겼다.

그 달콤하고 가슴 속 깊은 곳이 답답해지는 것 같은 감각을 맛보면서, 학생 지도실 문을 열었다.

그랬더니 거기에——.

"아."

문에 귀를 대고 소리를 듣는 규가 있었다.

"너, 뭐 하는 거야……?"

얼굴에서 핏기가 가셨다.

"무슨 일 있나요, 후지모토 군."

수수한 교사 모드로 변신한 미츠키 씨가 내 뒤에서 밖을 내다봤다.

"아하하. 후지모토 군, 미쿠리야 선생님, 안녕하심까."

규의 존재를 알아차린 미츠키 씨가 얼음 조각으로 변해버렸다.

"너, 여기서 계속 듣고 있었던 거야……?"

"아, 아뇨, 그런 건 아닌데요?"

틀림없이 뻥이다.

평소의 「~임다」 말투가 아니잖아.

그만큼 충격적인 이야기를 들었다는 뜻이다.

나와 미츠키 씨의 특별한 관계 이야기를 들은 건 아닐까——.

"에, 에헤헤. 두 분, 사실은——."

규가 결정적인 질문을 던지려고 한다.

눈앞이 새카매졌다.

미츠키 씨를 지켜주겠다고 생각하자마자, 이런 일이.

그때, 갑자기, 여성 목소리가 들려왔다.

『난 당신 거야.』

갑자기 들려온 사랑의 목소리에 심장이 멈춰버릴 것만 같았다.

뒤를 돌아보니 얼음 조각상, 이 아니라 미츠키 씨가 자기 스마트폰으로 동영상을 재생하고 있었다.

"미안해. 내가 실수로 드라마 영상을 틀어버렸네. 그 소리가 바깥까지 들렸나봐."

미츠키 씨가 궁색한 변명을 했다.

"아, 그 드라마, 나도 좋아해서 보고 있다는 얘기했거든. 하하하."

"예, 어쩌다 보니 드라마 얘기로 새버렸네. 우후후."

"그, 그랬군요. 두 분이…… 라는 얘기는, 아니었군요. 하하하— 하아…… 저, 가보겠습니다."

규가 복도 저쪽으로 걸어갔다.

"후지모토 군, 지금 그걸로 잘 넘어갔을까요."

"말투가 원래대로 돌아왔지만, 왠지 이상한 자세로 걸어가는 걸 보면 좀 미묘하네요."

미츠키 씨도 나도 일찌감치 집에 가기로 했다.

다음 날 아침.

평소처럼 미츠키 씨가 출근할 때 내가 바깥 상황을 내다봤더니, 저 멀리에 규가 결의가 담긴 얼굴로 걸어가는 모습이 보였다.

저 녀석, 결국 우리 집 주소까지 알아낸 건가.

1층에도 보안문이 있으니까 건물 안까지 들어올 리는 없다. 우편함에는 내 이름도 미츠키 씨 이름도 적어놓지 않았으니까, 내 모습을 직접 들키지 않는 한은 괜찮을 것 같은데…….

나는 미츠키 씨한테 설명하고는, 가방을 들고 몰라 아파트 건물 밖으로 나왔다.

그리고는 아파트 부지를 한 바퀴 빙 돌았다.

전혀 엉뚱한 방향에서부터 걸어가서는 규한테 말을 걸었다.

"오, 규잖아. 안녕."

"어라, 후지모토 군네 집, 이 아파트 아니었습까."

"무슨 소리야, 우리 집이 왜 여긴데. 나 전철 타고 다녀."

"어, 정말임까."

내가 규랑 같이 등교해서, 규의 감시를 제거하는 데는 성공했다.

하지만 이거, 꽤 위험한 거 아닐까…….

제2장 연상 여자 친구는 좋아하나요?

스마트폰 알람을 끄고, 멍하니 슬슬 미츠키 씨가 올 것 같다고 생각하면서 기지개를 켰더니, 우당퉁탕 큰 소리가 들려왔다.

문도 찰칵찰칵하면서 난폭하게 돌리고 있다. 평소 모습에서는 생각할 수 없을 정도로 당황한 것 같다.

아무래도 무슨 일이 있나 싶어서 우리 집 문을 열었더니, 머리를 딸은 데다 낡은 스웨트를 입고 렌즈가 두꺼운 안경을 쓴 건어물계 여성이 허리를 구부정하게 숙이고 우리 집으로 침입해왔다.

"미츠키 씨?"

나와 눈이 마주친 건어물계 미츠키 씨가 사바트 현장을 들킨 마녀 같은 표정을 지었다.

목격자를 지우려고 하는 마녀는, 슬리퍼를 벗고 집 안으로 들어오려다가 넘어졌다.

"드허."

"더흑."

"커흐어"

거의 사람이 내는 소리라고 생각할 수 없는 소리를 내면서 넘어진 미츠키 씨가 나한테 부딪쳤다.

"으억." 나도 이상한 소리를 내면서 같이 넘어졌다.

"미, 미안 해…… 치사토 군…… 괜, 찮아?"

낮은 목소리에 건어물계 때의 말투로, 미츠키 씨가 날 걱정해줬다. 하지만 일어나려다가 내 위 언저리를 손으로 세기 눌러서,

"꾸엑" 하는, 개구리가 밟혀 죽는 것 같은 소리만 냈다.

"미안…… 나, 늦잠…….."

평소에는 몸단장을 하고 나서 아침 식사를 만들기 위해 우리 집으로 오던 미츠키 씨가, 오늘은 늦잠을 잤다는 것 같다.

"너무 서두르지 않으셔도 돼요. 그나저나 신기하네요, 미츠키 씨가 늦잠을 다 자고."

"우시쿠…… 양 때문에…… 왠지 잠이 안 와서…….."

고개를 숙인 건어물계 미츠키 씨가 허둥지둥하고 있다. 규 때문에 며칠 동안 긴장했던 탓에, 깜박 늦잠을 자버린 것 같다.

"미츠키 씨, 너무 무리하지 마세요. 오늘 아침은 제가 할 테니까, 미츠키 씨는 일단 집에 가서 준비하고 오세요."

성인 여성으로서 아침 몸단장보다 같이 먹을 아침 식사에 목숨을 거는 자세가 너무나 미츠키 씨답고 흐뭇하지만 말이야.

건어물계 모드인 미츠키 씨가 고개를 들고 눈물을 흘렸다.

"치사토 군…… 진짜 GOD이야."

건어물 때는 약간 젊은이 같은 말투를 쓴다.

미츠키 씨를 집으로 돌려보내고, 세수하고 옷을 갈아입었다. 된장국은 저녁에 먹고 남은 게 있고, 밥은 타이머를 맞춰놔서 다 돼 있다. 문제는 베이컨에그를 만드는 타이밍. 음식을 잘 하는 건 아니지만, 그렇기에 더더욱 미츠키 씨한테 금방 만든 걸 먹게 해주고 싶다.

"미츠키 씨, 얼마나 걸리려나."

여성이 아침에 준비하는 데는 얼마나 걸릴까.

이건 남자가 물어봐서는 안 될 것 같아서 굳이 묻지 않았었는데.

집앞에 가서 엿들을 수도 없고……,

스마트폰을 꺼내서 『여성』『아침 출근 준비 평균 시간』을 입력해서 검색했다. 그랬더니…….

1위 10분 이상 20분 미만

2위 20분 이상 30분 미만

이 두 가지가 60퍼센트 이상을 차지했다.

결과 중에는 세 시간이나 걸린다는 사람도 있는 걸 보면, 여성들은 정말 힘들 것 같다.

하지만 생각보다는 짧아서, 의외라는 생각이 들었다. 일하는 여성의 아침은 정말 바쁘겠구나. 10분 미만이라는 사람도 꽤 있기는 하지만.

미츠키 씨도 일하는 여성인데 매일 아침밥을 차려주러 오는 걸 생각해보면, 기쁘기도 하면서 왠지 미안하다는 생각도 들었다.

"그러고 보니 마츠시로도 아침에 준비하는 데 한 시간 정도 걸린다고 했는데, 사내 녀석이 대체 뭘 하는 거야."

들자 하니 드라이어로 앞머리 세팅하는 데 시간이 걸린다고 했는데. 나로서는 도저히 이해할 수가 없다.

어쨌거나 최소한 10분은 걸리겠지. 이제 막 일어난 차림새였으니까, 어쩌면 20분 정도는 걸릴 지도 모른다.

시계를 보니 아직 10분도 안 지났다.

그러고 있는데, 현관문이 힘차게 열렸다.

"미안해, 치사토 군!"

약간 숨을 헐떡이고는 있지만, 평소대로 꾸민 미츠키 씨가 들어왔다.

"어, 미츠키 씨?!"

"응?"

"준비, 꽤 빠르네요."

"응. 항상 화장은 거의 안 하고, 머리도 묶기만 하니까. 무엇보다 빨리 치사토 군을 보고 싶어서, 오늘은 더 빨리했어."

"……………!"

서둘러 준비한 탓에 흥분했는지, 미츠키 씨가 아침부터 돌직구를 날렸다. 얼굴이 뜨거워진다.

"밥이랑 국 해줘서 고마워. 베이컨 에그는 내가 만들게."

"아, 미츠키 씨는 앉아 계세요. 오늘은 제가 만들게요."

"그러면 내가 미안하잖아."

"항상 미츠키 씨한테 응석만 부린 것 같아서 반성하고 있었어요. 그러니까——."

미츠키 씨 눈썹이 축 늘어졌다. 눈물이 글썽인다.

"어쩌면 이렇게 착할까?! 내가 대체 무슨 복을 받은 거야. 지금 치사도 군이 한 말만 가지고도 아침부터 밥 세 공기는 먹을 수 있어."

"일단 베이컨 에그 할게요."

하마터면 진짜로 지각할 뻔했다.

며칠 전 사건의 여파는 생각보다 적었다.

애당초 호사카가 2학년들 사이에서도 평판이 좋지 않았던 것 같다. 겉으로는 빈틈없이 행동했던 것 같지만, 친해지면 친해질수록 본색을 드러내서, 가까이 갈수록 더 싫어져서 되레 멀어지게 되는 그런 성격이었다던가.

"뭐, 인과응보 아니겠슴까"라고, 규가 여러 사람의 반응을 가르쳐주면서 그렇게 덧붙였다.

그리고 규는 미츠키 씨와 내 관계를 캐는 한편으로, 지난번 사건을 수습하는 데 큰 역할을 해줬다. 그 후, 아주 좋은 소재라면서 기사를 작성했는데, 자제하는 표현을 쓰면서도 상대에게 잘못이 있다는 것을 상세하게 써줬다. 규, 생각보다 문장력이 좋네.

그러는 중에 미츠키 씨가 「자기 반 학생의 혐의를 풀기 위해 씩씩하게 싸운 여성 교사」라고 알려지면서 인기가 조금 좋아졌는데, 그게 기쁘기도 하면서 화가 나기도 하고. 미츠키 씨의 좋은 점은 내가 너희들보다 훨씬 많이 알고 있거든.

그렇게 해서, 내 학교생활은 평온하고 무탈해졌다.

매점에도 아무렇지도 않게 다니고 있다. 게다가 매점 아줌마하고 종종 얘기까지 하게 됐다.

"후지모토 왔니, 어서와."

"한판 승부 있나요?"

"미안해~ 조금 전에 다 팔렸어."

"제 것만 미리 챙겨놓는 건……."

"장사는 그런 게 아니야."

"그렇겠죠~"

한판 승부 다음으로 좋아하는 야키소바 빵도 다 팔렸다. 남은 건 팥빵이랑 잼빵 같은 단 빵뿐. 편의점까지 가도 되지만, 자전거가 아니면 미묘하게 멀다니까. 짭짤한 걸 먹고 싶지만 어쩔 수 없지.

팥빵에 우유라는, 잠복근무하는 형사 같은 세트 메뉴를 사 들고 매점에서 나왔다. 오늘은 호시노도 마츠시로도 따로 먹는다고 했으니까 교실에서 먹을 필요는 없다. 날씨도 좋으니까 아래로 내려가서 필로티에 있는 벤치에 앉아서 먹어볼까.

계단을 내려가기 직전에, 옆쪽에서 사이드 테일 꼬맹이가 돌격해왔다.

"후지모토 군, 지금부터 점심임까?!"

"그래. 규는 여전히 힘이 넘치네.

"헤헤헤~ 저도 지금부터 점심인데 말이죠, 후지모토 군 점심 메뉴는 뭡니까?"

"팥빵이랑 우유. 짠맛은 다 팔렸더라고."

그러자 규가 거만한 얼굴로 납작한 가슴을 앞으로 내밀었다.

"후훗~."

"뭐야."

"사실은 여기에 한판 승부가 있슴다. 제가 먹어도 되지만, 어쩌다보니 야키소바 빵도 같이 샀는데, 그걸 먹었더니 배가 불러서 말임다."

"그래서."

"이 한판 승부가 남고 말았슴다."

"서, 설마──."

"어떻게 할까~ 고민 중이지 말임다."

"⋯⋯줘."

"예?"

"안 먹을 거면 나 줘. 돈은 줄게."

규가 수상한 미소를 지었다. 한판 승부 봉투 한쪽을 잡고, 내 앞에서 흔들어댔다.

"어라라? 혹시 후지모토 군, 이 한판 승부가 먹고 싶은 겁니까? 하지만 그냥 줄 수는 없슴다만? 저도 가혹한 경쟁을 뚫고 간신히 손에 넣은 한판 승부임다."

눈앞에서 불안정하게 흔들리는 한판 승부.

"그러니까 돈 준다고."

"이 한판 승부는 그렇게 값싼 게 아님다."

"크윽──!"

내가 고개를 돌리자 규가 내 앞으로 이동했다.

"필요없슴까? 그렇다면 다른 사람 주겠슴다."

"조건이 뭔데──?"

마치 적에게 가족을 인질로 잡힌 외국 영화 주인공이 된 기분이다.

규가 주위에 들리지 않게 거래 조건을 말했다.

"간단함다. 미쿠리야 선생님과의 관계에 대해서 한마디만 해주면 되는 검다."

그 순간, 썰물이 빠져나가는 것처럼 내 감정과 식욕이 싹 가셨다.

"기껏 규의 연기에 맞춰줬는데, 마지막이 재미없네."

한심하다는 듯이 어깨를 으쓱거리자, 규가 발끈했다.

"무슨 소림까! 후지모토 군도 신나서 달라고 했잖슴까!"

"미쿠리야 선생님이랑 나는 지극히 평범한 선생님과 학생 사이야."

"하지만 입학식 날이랑 얼마 전까지 두 번이나 학생 지도실로 불려갔잖슴까?"

"그건 내 행실이 나쁜 탓이겠지."

팥빵이랑 우유면 충분하다. 빨리 계단 내려가서 필로티로 가자.

바로 그때였다.

"둘 다 매점 빵인가요."

규랑 내 뒤쪽에서 말을 건 사람은 미츠키 씨였다.

평소의 수수한 교사 모드지만, 어깨가 미묘하게 떨리고 있다.

그 모습을 본 순간, 알았다.

미츠키 씨, 규랑 날 지켜보고 있었다.

그리고 틀림없이 '알콩달콩했다'면서 질투하고 있다.

하지만 규가 있는 이 자리에서 선생님한테 사정을 설명할 수는 없다.

"아, 미쿠리야 선생님. 지금 막 후지모토 군한테 취재를 시도하는 중임다. 미쿠리야 선생님도 매점임까. 별일이네요."

속 편한 규한테, 미츠키 씨가 갑자기 이렇게 말했다.

"사실은 오늘 선생님도 도시락을 깜박해서……. 나, 나, 남자친구가 밤에 못 자게 해서 말이야."

그렇게 말하고 미츠키 씨가 내 얼굴을 빤히 쳐다봤다. 입꼬리가 미묘하게 올라간 건 수수한 모드에서의 미소려나.

최악의 타이밍도 정도가 있지. 엎친 데 덮친 격, 섶을 지고 불속에 뛰어드는 꼴. 하고 싶은 말이 정말 많다.

미츠키 씨는 대체 왜 이런 자폭 테러를─!

"뭐라고요오오오오?!"

미츠키 씨의 폭탄 발언에 규의 기자 혼이 불타올랐다.

"선생님, 미쿠리야 선생님! 지금 그 발언의 뜻은?! 후지모토 군을 본 이유는?! 우읍, 우우읍?!"

규의 손에서 가로챈 한판 승부를 규의 입에다 쑤셔 넣었다.

"~~~~?!"

눈이 휘둥그레진 규. 얼굴이 벌개졌다 퍼레졌다 하고 있다.

"이런, 규. 그렇게 갑자기 먹으면 목에 걸리잖아. 자, 내 우유 줄 테니까 이거 마셔."

규 입에서 한판 승부를 빼고 대신에 팩 우유 빨대를 물려줬다.

"으억?! 겨우 입에서 굵직한 게 빠져나갔다 싶었더니, 이번엔 하얀 액체가 입속 가득히?!"

"그 우유 줄게. 그리고 조금 있으면 중간고사잖아. 규 너 취재

하느라 바쁠 것 같으니까, 다섯 과목 정도 예상문제를 준비해줄
게. 일단은 나도 중학교에서부터 올라왔으니까, 이 학교 출제 경
향은 대충 알거든. 그러니까——."

나는 표정과 목소리 톤을 최대한 낮추고 규한테 말했다.

"조금 전에 선생님이 한 말은 딴 데 가서 떠들지 마."

우유를 마시고 겨우 한숨 돌린 규가 눈물을 글썽이면서 몇 번
이나 고개를 끄덕였다.

"다 삼키지 못한 하얀 액체가 입에서 흘러나왔슴다."

"이 팥빵도 줄게."

비틀거리며 걸어가는 규를 지켜보며, 최대한 입을 움직이지 않
고 미츠키 씨한테 말했다.

"긴급 반성회를 갖겠습니다. 이의는 받아들이지 않겠습니다."

"예……."

점심 식사까지 포기하면서 지구과학에 대해 질문하는 기특한
학생—— 인 척 하며, 나는 미츠키 씨의 경거망동에 대해 꾸중했
다.

이것저것 생각하는 게 있겠지만, 최종적으로 미츠키 씨는 '선
처하겠습니다'라는 관료적인 모범답안을 제시했다.

그날, 6교시 수업이 끝나고 집에 가려고 하는 데 스마트폰에 미
츠키 씨가 보낸 메시지가 도착했다.

『불금이라서 미술 호리우치 선생님이랑 한잔하러 갑니다. 오늘
저녁은 치사토 군 혼자서 해결하세요.』

◇ ◆ ◇ ◆ ◇ ◆ ◇ ◆

　나 미쿠리야 미츠키는 고등학교 선생님이다.

　평소에는 진지하게 교편을 잡고 있다. 술도 어지간해서는 마시지 않는다.

　하지만 마셔야 하는 날도 있다. 예를 들자면 오늘.

　세상에는 술을 혼자서도 즐기는 여성도 있다는 것 같지만, 기본적으로 낯을 가리는 나한테는 무리다. 그래서 대학 시절부터 친구인 미술교사 호리우치 마미한테 같이 마시자고 했다.

　여자 둘이서 선술집 룸에서 할 얘기라면 달콤한 연애 얘기겠지만, 오늘은 내 일방적인 고민 상담이다.

　참고로 마미한테는 치사토 군에 대해 처음부터 말했었고, 지금까지도 여러 번 상담한 적이 있다.

　"으앙~ 마미이~."

　달콤한 깔루아 밀크 잔을 손에 들고, 나는 우시쿠 양을 중심으로 한 일의 경위에 대해 말했다.

　"저기요~ 연골 튀김이랑 생맥주 하나 더요."

　"마미, 내 얘기 듣고 있어!? 그리고 벌써 세 잔째거든!?"

　"듣고 있어. 하지만 오랜만에 남편이랑 애들 없이 마시는 거니까, 잔소리하지 말고."

　마미는 이미 결혼했고 애도 둘이나 있다. 나랑 동갑인데 정말 대단하다니까. 작은애는 태어난 지 얼마 안 됐고, 4월에 출산휴가가 끝나서 복직했다.

"그렇게 마시면 모유라든지 괜찮아?"

"난 첫째 째도 젖이 거의 안 나와서, 이번에는 무리하지 않고 분유로 하고 있어. 취미는 출산, 특기는 안산이지만 확실하게 구분하는 것도 중요하겠더라고. 아, 맥주 이쪽이요~."

마미가 맥주를 입으로 가져갔다. 원래 술을 아주 좋아했다.

"그렇게 술을 좋아하면서, 지금까지 임신한 동안에는 단 한 방울도 안 마셨잖아."

"그랬지."

"난 그런 점이 정말 좋아. 아주 존경해."

잔에서 입을 뗀 마미가 쓸쓸하게 웃었다.

"미츠키 너 말이야, 나한테는 그렇게 솔직하게 말하는데, 정작 중요한 남자친구 앞에서도 그렇게 솔직하게 말하고 있어?"

지금 막 나온 따뜻한 연골 튀김을 입에 넣은 마미의 미소에 쓸쓸한 기색이 더욱 진해졌다.

"고백이라고 할까, 갑자기 결혼하자고 했잖아?"

"그치만, 그건——."

"거기에 대해서는 지금까지 실컷 들었으니까 넘어가기로 하고. 오늘의 의제는 같은 반 여자애랑 알콩달콩한 것 같아서 질투가 난다는 거였지?"

그렇게 지적하니까 너무 창피해.

"요지를 간결하게 정리하면 그렇게……."

"후지모토 군은 미술부에 들어와 준 개 맞지? 입부 신청용지 낼 때랑 수업시간에 봤을 뿐이고 찬찬히 얘기해본 적은 없지만, 성

실한 인상에 귀여운 남자애던데?"

역시 내 친구. 보는 눈이 있어.

"그치! 치사토 군, 정말 성실해. 중학교 때 성적도 정말 좋고, 3학년 때는 학생회 부회장도 했거든. 공부도 딱히 못 하는 과목 없이 잘하는 것 같고."

그래서 지난번 매점 난투 사건 때도 '그 후지모토가?'라면서 교무실에 큰 충격을 줬었다.

"모범생처럼 생겼더라. 그렇게 열심히 하는 애니까, 지난번 매점 사건 때도 그 깐깐한 학년주임 이치카와 선생님까지 의외로 순순하게 걔를 믿어줬고."

"응." 치사토 군을 칭찬해주니까 정말 기쁘다. 나도 모르게 깔루아 밀크를 꿀꺽꿀꺽 마시고 말았다.

"그럼, 그 신문부 여자애 일도 그냥 믿어줘."

맞는 말이다.

"머리로는 이해해도 마음은 안 그렇다고나 할까."

"몸과 마음이 별개라는 뜻이구나."

"거의 맞는 말이지만 표현이 뭔가 이상하네."

"아하하. 고지식한 사람 둘이 참 잘 어울리네. 에잇, 부러워라!"

"어. 그, 그런가……?"

잘 어울린다고 해줬다. 헤헤. 너무 기뻐서 나도 모르게 다 식은 감자튀김을 후~ 후~ 불고 말았다.

"정말이지, 미츠키한테 연애 상담을 받는 날이 올 줄은 몰랐다니까."

"나도 마미 너한테 이런 얘기하게 될 줄은 몰랐어."

"미츠키 너만 그런 게 아니라, 그 남자애도 네가 처음 사귀는 사람일 테니까. 둘 다 처음인데다 둘 다 고지식하니까, 너무 진전이 없어서 이렇게 된 게 아닐까?"

"진전이라니…… 둘이서 모델하우스에 간다든지?"

"——뭐, 프러포즈도 했으니까 신혼집 보러 가는 것도 나쁘진 않지만! 네 경우에는 좀 다르잖아."

"다르다니?"

"밤일."

간단히 말해버렸어!

"무, 무슨 소리야?! 파렴치해! 엉큼해! 변태!"

"그런 소리 들을 말은 아닌 것 같은데. 미츠키 너도 그런 마음이 하나도 없는 건 아니잖아? 너도 성인 여성이니까, 여러모로 참고 있지 않겠어?"

"큭…… 거기에 대해서는, 답변을 거부하도록——."

마미가 짓궂게 웃으면서 모듬 채소절임 중에서 오이를 집어서 먹었다.

"수유기인 나보다 큰 가슴이라는 흉악한 무기를 몰래 숨겨두고 있잖아."

"남의 가슴을 범죄 도구처럼 말하지 마."

"그건 그렇고, 만 25세인 미츠키가 만 15세 남자애 건드리면 틀림없는 범죄인 건 알지?"

'틀림없는 범죄'라는 말에, 도수가 센 술이라도 마신 것처럼 위가 아파왔다.

"아, 아직 안 건드렸——."

"아직일 뿐이고, 사실은 건드리고 싶어서 미칠 지경이라는 거야?"

"마미!"

"아하하. 농담이야."

점원의 힘찬 목소리가 들려왔다. 새로운 손님이 들어온 것 같다.

"그, 그러는 너야말로? 너희 남편도 너보다 열 살은 많잖아."

나이 차이를 보면 나랑 치사토 군이랑 똑같다. 남녀 성별은 반대지만.

"음~" 하고, 마미가 맥주로 목을 축였다. 항상 생각하지만 저렇게 쓴 걸 잘도 마신다니까. "우리 같은 경우에는 대학 때 미팅에서 만났으니까, 그 시점에서 내가 대학생이었잖아. 만약에 여고생이랑 열 살 차이나는 회사원이었다면 문제겠지만."

"마미 넌 상대가 열 살이나 많은데도 아무렇지도 않았어? 취향이 아니라든지."

"딱히. 왜, 우리 남편 동안이라서 그렇게 들어보이지도 않잖아. 그리고."

"그리고?"

"내 취향이니까 좋아하게 된 게 아니겠어?"

마미가 진지한 표정으로 말했다.

그 표정과 말을 듣고 헉, 했다.

다시 한번 실감했다.

나는 정말로 치사토 군을 좋아하는구나, 라고.

치사토 군의 웃는 얼굴도 진지한 얼굴도, 몸짓 하나하나와 사소한 말까지, 평범한 매일을 잘라내서 보물로 간직하고 싶을 정도로.

"호냐아아――."

"이상한 소리 내면서 엎어지지 말고. 왠지 나까지 창피해지잖아. ――저기요~ 하이볼 하나요."

"남편은 열 살이나 어린 여자애랑 사귀면서 어땠을까?"

"주위에서 이래저래 말이 많았나봐. 「로리콘」이라든지 「도둑놈」이라든지, 「나도 소개시켜줘」라든지."

그 기준에서 보면 나도 충분히 '로리콘'이고 '도둑'이 된다. 아니, 남녀가 반대니까 '로리콘'이 아니라 '쇼타콘'이 되려나. 범죄라는 느낌이 더 커진 것 같은데⋯⋯.

"아무한테도 말하면 안 되는 일이지만, 나 말이야, 치사토군을 엄청나게 자랑하고 싶어!"

"나한테만 해라. 후지모토 군도 열심히 미츠키를 지켜주려고, 학교에서는 가능한 접촉하지 않으려고 하잖아?"

"응."

그게 쓸쓸하다고 느끼는 게 너무나 이기적인 생각이라는 것도 알고 있다.

"정말 대단한 애야, 후지모토 군은. 보통 남자 고등학생들은 여자 친구 있으면 좋겠다고 난리 치고, 그러다 여자 친구가 생기면 그냥 신이 나서 바로 주위에 들키고 자랑하고 난리가 나는데, 전혀 그러지 않잖아?"

"응."

여자 친구 있으면 좋겠다고 난리 치는 남학생이라면, 우리 반 호시노 군이 거기에 해당된다.

그렇게까지 법석을 떨면 좀 싫을 것도 같다.

점원이 하이볼을 가지고 왔다. 그리고는 빈 맥주잔과 다 먹은 음식 접시들을 치워줬다.

잔에 땀방울이 잔뜩 맺힌 하이볼을 한 모금 마시고, 마미가 빙긋 미소를 지었다.

"미츠키, 너 지금 엄청나게 사랑받고 있다."

너무나 상냥한 미소였기에, 오히려 내 가슴이 아파왔다.

내가, 치사토군한테, 사랑받고 있다.

내가 사랑하는 사람에게 사랑받는 것은 정말 기쁜 일이다.

하지만 나는 치사토 군한테 사랑받을 만큼의 뭔가를 해주고 있을까.

조금 전에 내가 열 살이라는 나이 차에 대해서 남편의 의견을 물었을 때, 마미는 자기 남편의 생각은 은근슬쩍 넘어가 버렸다.

아마 마미의 남편은 젊은 부인이 자랑스러울 것이다.

마미네 남편 입장에서 보면 열 살이나 어린 마미는 언제까지고 젊다. 주위 동료들의 부인보다 훨씬 젊겠지. 남성의 본능 상, 그렇게 젊은 아내가 있다고 자랑하게 될 테고.

내 경우에는 반대다.

만약 몇 년이 지나도 치사토 군의 마음이 변하지 않고, 세상에서도 허락해서 결혼하게 된다고 해도—— 그때 나는 이미 주위에 다른 신부들보다 나이가 많겠지.

평생, 열 살이라는 나이 차이는 줄어들지 않는다.

게다가 나이를 먹을수록 여자인 내 용모는 치사토 군보다 빠르게, 현저하게 쇠퇴할 것이다. 주름이나 흰머리를 화장 등으로 숨기는 것도 한계가 있다.

그때, 치사토 군을, 여자로서 실망하게 만드는 건 싫다.

지금 치사토 군은 청춘 한복판에 있다.

스물다섯인 내 입장에서 보면 순수하고, 올곧고, 눈부시다.

한여름의 구름 한 점 없는 푸른 하늘처럼, 가만히 보기만 해도 혼이 빨려나갈 것처럼, 아름답다.

나는 그런 치사토 군의 인생에서 가장 아름다워야 할 시간을, 처녀의 피를 빨아먹는 흡혈귀처럼 마구 빨아먹고 있는 게 아닐까.

치사토 군 곁에는 같은 또래의 친구와 연인이 있어서, 지금 이 순간을 사파이어처럼 눈부시게 빛나게 해야 하는 건 아닐까.

치사토 군을 좋아하게 된 때부터, 그리고 프러포즈 했을 때부터 전부 알고 있는 일인데, 그래도 이렇게 가슴이 아픈 건 어째서일까.

최종적으로는 포기해야만 하는 걸까.

"…………."

말없이, 싱거워진 깔루아 밀크를 다 마셔버렸다.

"뭐, 나도 어느 정도 응원은 해줄 테니까."

"응, 고마워. 덕분에 힘이 났어."

나는 활짝 웃으면서 대답했고, 깔루아 밀크를 한 잔 더 주문했다.

친구한테 공허하게 웃는 얼굴로 대답해버린 나 자신을, 술을 마셔서 잊어버리고 싶었기 때문이다.

◇ ◆ ◇ ◆ ◇ ◆ ◇ ◆

결국, 어젯밤에 미츠키 씨는 꽤 늦은 시간까지 돌아오지 않았다.

겨우 미츠키 씨네 집 문 열리는 소리가 났을 때는 이미 날짜가 바뀌어 있었다. 그다음에는 나도 너무 졸려서 잠들어버렸기 때문에, 어젯밤에는 미츠키 씨 얼굴을 못 봤다.

오늘은 토요일이고, 원래는 수업이 있는 날이지만 개교기념일이라서 학교가 쉰다. 그래서 느긋하게 늦잠을 잤다.

밖에서 들어오는 밝은 햇살에 살짝 눈을 떴다.

조용했다.

그것은 미츠키 씨가 우리 집에 오지 않았다는 얘기다.

스마트폰을 봤지만 미츠키 씨한테서 아무 연락도 없었다.

쉬는 날이라고 둘이서 아침부터 착 달라붙어 있는 건 아니다. 청소와 빨래 같은 것도 해야 하고, 미츠키 씨는 선생님이니까 수업 준비도 해야 한다. 그래서 각자 따로 행동하는 건 당연히 있을 수 있는 일이지만, 어제 점심때 반성회 때부터 계속 얼굴을 못 봤다는 상황이, 가슴 속에 뭔가 응어리를 만들어 놨다.

"어제 말이 좀 심했었나. 미츠키 씨한테 사과해야겠네."

일단 일어나서 샤워를 하고, 옷을 갈아입고 세탁기를 돌렸다. 청소기도 돌리고 빨래를 널었더니 할 일이 없어졌다. 숙제도, 영어와 고전 예습도 어제저녁에 전부 끝냈다.

시계를 보니 열한 시. 미츠키 씨는 슬슬 일어났으려나. 같이 먹으려고 아침도 안 먹은 탓인지, 배가 꽤 고팠다.

"『일어나셨어요? 같이 식사 하실래요?』 이렇게."

송신.

가끔씩은 초 단위로 빠르게 답장이 올 때도 있었지만, 오늘은 아니었다.

살짝, 문을 여닫는 소리가 났다.

미츠키 씨가 왔나 싶어서 현관 쪽을 봤지만 아직 들어오지 않았다.

밖에서 미츠키 씨 발소리가 들린다. 아까 그 소리는 미츠키 씨네 집 문 여닫는 소리였던 것 같다.

발소리가 우리 집 앞에서 멈췄다. 아마 열쇠로 열고 들어오겠지…… 라고 생각했는데, 그것도 아니었다.

초인종 소리가 났다.

"어?"

나도 모르게 문에 달라붙어서는, 구멍을 통해서 밖을 확인했다.

거기에는 대충 땋은 검은 머리카락이 보였다. 자세히 보니 스웨트를 입고 있다.

"미츠키 씨?!"

문 밖에는 건어물녀 모드의 미츠키 씨가 고개를 숙이고 서 있었다.

"…………."

그 모습을 보니 왠지 불안했다.

건어물녀 모드건 수수한 교사 모드건 초절미인 모드건, 열쇠를 준 이후로 미츠키 씨가 우리 집에 올 때 초인종을 누른 적은 없었다.

"미, 미츠키 씨?"

다시 한번 불렀더니 미츠키 씨가 고개를 번쩍 들었다.

"아, 안녕……."

"안녕하세요. 식사하실래요."

"응. 내가 할게."

건어물녀 모드지만 말투는 거의 평소의 미츠키 씨로 돌아와 있었다.

"어제 많이 늦으셨던데요."

"응. 오랜만에 마미── 호리우치 선생님이랑 마시다 보니까."

"어른이다~!"

미츠키 씨가 천천히 집 안으로 들어왔다.

"벌써 점심때가 다 됐네. 치사토 군, 아침은 먹었어?"

"아뇨. 미츠키 씨랑 같이 먹을까 해서요. 어제저녁에 못 만나서 쓸쓸했거든요."

"…………!"

미츠키 씨의 움직임이 딱, 멈췄다.

"어제 점심시간에, 제가 말이 좀 심했어요. 죄송해요. 물론 규랑은 아무 일도 없지만, 미츠키 씨 불안한 마음을, 제가 잘 이해하지 못해서."

내가 고개를 숙이자, 갑자기 따뜻한 감촉이 내 머리를 포근하게 감쌌다.

"치사토 군은 정말 착해."

아마도 조금 전에 자다 일어난 미츠키 씨의 체온과 부드러운 냄새, 오래 입은 스웨트의 감촉이 내 머리뿐만이 아니라 마음까지 감싸줬다.

"미, 미츠키 씨——."

두꺼운 스웨트 천을 통해서도 미츠키 씨의 커다란 가슴 감촉이 느껴지다니, 인간의 몸은 정말 신기하다. ……그렇게 엉뚱한 생각을 하지 않으면 내 안에 있는 야수가 눈을 떠버릴 것 같다.

내 이성이 간신히 살아 있는 동안에 미츠키 씨가 날 해방시켜 줬다.

"그럼 브런치로 하자!"

미츠키 씨가 밝은 목소리로 말해주니 나도 기뻐졌다.

만약 내가 더 어른이었다면, 이때 미츠키 씨 마음에 다가갈 수 있었을지도 모른다.

이 직후에, 내 몸은 상당히 성장했지만 마음은 아직 어른이 되지 못한 열다섯이라는 나이의 미숙함을 뼈저리게 느끼게 되니까.

아침과 점심을 겸하는 브런치로, 둘이서 파스타를 만들었다. 미츠키 씨 집에 있었던 미트 소스와, 우리 집에 있었던 페페론치노. 그걸 각자 앞 접시에 덜어서 같이 나눠 먹었다.

정말 맛있었다.

날씨도 아주 좋다. 4월 중반에 들어서면서 왕벚꽃은 이미 다 졌지만, 천엽벚꽃은 아직 조금 남아 있다.

"날씨 좋네요. 산책이라도 가실래요?"

"……그래."

"파스타, 어떤 게 더 맛있었어요?"

"……둘 다 맛있었어."

건어물녀 차림을 하고 있어도 말투는 평소의 미츠키 씨. 그렇다면 이건 반응이 너무 약하다.

"오늘, 뭐 할 계획 있으세요?"

"……딱히."

"저녁에 드시고 싶은 게 있으면 저도 열심히 할게요. 같이 장보러 가실래요?"

"……장보러."

"미츠키 씨 힘이 없네요. 어디 안 좋으세요?"

"아니. 그건, 아니고."

미츠키 씨가 식후의 차를 마시면서 힘없이 미소를 지었다.

"역시 어제 그 일 때문에 화가 나신 건가요?"

"화 안 났어."

미츠키 씨가 나한테서 눈을 돌렸다.

"그럼 어째서——."

"정말 좋아하고 귀여운 고등학생 남자애 집에서, 열 살이나 나이가 많은 여자가 쉬는 날 같이 파스타를 만들어서 천천히 먹고 수다도 떨고 느긋하게 지내고"까지 말하고, 미츠키 씨가 숨을 크게 들이쉬었다. "이런 건 역시, 이상하지—?"

눈에 투명한 액체를 잔뜩 담고, 입술을 바들바들 떨면서, 미츠키 씨가 날 쳐다봤다. 그 얼굴을 봤더니 심장을 움켜쥔 것처럼 괴로워졌다.

"어째서, 그런 소릴 하는 거죠."

너무 당황해서 그렇게밖에 말할 수가 없었다.

"나 말이야, 어제 여러모로 생각해봤거든. 전부 내 고집대로 밀어붙이기만 했다고 반성해서. 그러니까 나, 다른 집으로 이사 가는 게 좋겠지?"

뜬금없이 꺼낸 그 말.

결국 미츠키 씨의 눈에서 눈물이 흘러내렸다.

일단 흘러내리기 시작한 눈물은 멈추지 않는다.

"미츠키 씨, 왜 그런 말을 하세요."

나도 눈시울이 뜨거워지고 미츠키 씨의 모습이 흐릿하게 보였다.

"입학하자마자 이리저리 휘둘러댔지만 서로 간에 아직 아무 일도 없었으니까, 지금이라면 그냥 사소한 사고였다고 생각하고——."

"그런 생각, 안 해요!" 내가 생각해도 놀랄 만큼 큰소리를 질렀다. "왜냐하면 저도, 미츠키 씨를, 좋아하게 됐으니까요!"

내가 한 말을 들은 미츠키 씨가 몸을 부들부들 떨었다. 몇 번이나 고개를 흔들자 눈물이 이리저리 튀었다.

"그건 치사토 군 착각이야. 연상의 여자가 그렇게 말하면서 다가오니까 그런 기분이 들었을 뿐이고."

"아니에요!"

"봐. 나, 가슴도 이렇게 크니까, 사춘기 남자애한테는 자극적으로 보이지 않겠어. 사춘기 고등학생 남자들의 그런 시선에는 익숙해. 아~ 정말 싫다."

"미츠키 씨 가슴 크기랑 상관없이 좋아한다고요!"

바보에 어린애인 나는 그저 있는 힘껏 직구를 던지는 방법밖에 모른다.

미츠키 씨의 표정이 굳어졌다.

"이렇게까지 말해도 모르겠어? 그럼 확실하게 말할게. 동거 놀이는 재미있었어? 하지만 이젠 끝이야. 나, 질렸어."

미츠키 씨가 지금까지 본 적 없는 새디스틱한 미소를 지었어.

"거짓말이야!"

"거짓말이 아냐! 내 취향은 너 같은 연하보다 포용력 있는 연상 남자라고."

"절대로, 거짓말이야!" 큰 소리를 지르자 미츠키 씨가 머뭇거렸다. "거짓말이 아니면, 왜 미츠키 씨는 아직도 울고 있는 건데요?!"

미츠키씨의 가면이 벗겨졌다. 안경을 벗고, 두 손으로 얼굴을 가렸다. 결국 미츠키 씨가 소리를 내면서 울기 시작했다.

"하지만, 이젠 늦었어. 오늘 아침 일찍 부동산에 해약한다고 연락했으니까."

"왜 혼자 멋대로 그렇게 서두른 건데요."

"멋대로 서둘러서 프러포즈했던 여자잖아." 그렇게 받아치고, 미츠키 씨가 일단 숨을 골랐다. "아까 파스타, 정말 맛있었어. 끝까지 내 고집에 맞춰줘서, 고마워."

내가 뭐라고 대답하기도 전에 미츠키 씨가 뛰쳐나갔다.

"미츠키 씨!"

내가 불렀지만 무시하고, 미츠키 씨가 거칠게 현관문을 열었다.

마지막 말이 '고마워'라니—!

내가 현관 밖으로 나갔을 때, 미츠키 씨는 이미 자기 집 안으로 들어가 버렸다.

"잠깐만요!" 그렇게 말하면서 미츠키 씨네 집 문을 열려고 했지만 이미 문이 잠겨 있었다. 체인을 거는 소리까지 들렸다.

"미츠키 씨, 미츠키 씨! 제 말 들리죠?!"

초인종을 눌렀다. 전화를 걸었다. LINE으로 메시지를 보냈다.

아무리 해도 미츠키 씨는 반응이 없었다. LINE 메시지는 읽지도 않았다.

방으로 돌아와서, 이러면 안 된다고 생각하면서도 벽에 귀를 댔다.

윙~ 하는 잡음만 들릴 뿐, 아무 소리도 들리지 않았다.

어떻게 해야 좋을지 모르겠어서 머리만 쥐어뜯었다. 눈앞에서 흔들리는 형광등 끈을 화풀이하는 것처럼 후려쳤다.

딱, 하는 큰 소리가 나면서 형광등 불이 켜졌다. 끈이 형광등에 감겼다. 낮이다 보니 오히려 못미덥게 여겨지는 형광등 빛이 마치 내 꼴인 것처럼 느껴진다.

감긴 끈을 풀다 보니 더 한심하다는 기분이 들었다.

"미츠키 씨……."

생각해보면 계속 일방적인 사람이었다.

갑자기 나타나서 갑자기 프러포즈를 했다.

방에 쳐들어와서 자는 얼굴 사진을 찍고 아침밥을 준비하고.

부엌에는 수저와 그릇, 책상 서랍에는 볼펜과 기타 등등…… 어느새 미츠키 씨 물건들이 내 방에 들어와 있었다.

책상 서랍 안쪽에는 중학교 시절 사진이 있다. 그 약간 낡은 사진을 보면서, 나는 내 마음속에 있는 감정에 충실해져가고 있었다.

난 역시 미츠키 씨를 좋아한다.

고집? 건어물? 수수해?

마음대로 떠들라고 해.

귀찮아? 부담돼?

가벼운 여자보다는 훨씬 낫잖아.

열 살이나 연상?

상관없어. 나이 많고 잘 챙겨주는 아내라니, 최고잖아.

난 말이야── 그 누구보다 미쿠리야 미츠키라는 한 여성을 정말정말 좋아한다고!

미츠키 씨는 날 '운명의 상대'라고 말해줬어.

미츠키 씨야말로 내 '운명의 상대'야.

나한테는 내 감정을 있는 그대로 표현하는 방법밖에 없다.

우리 집에서 나와, 다시 한번 미츠키 씨의 집 앞으로 갔다.

초인종을 눌렀지만 대답이 없다.

문을 두드려도 반응이 없었다.

그렇다면 내 감정을 있는 그대로 전하는 수밖에 없지.

"미츠키 씨, 집에 있죠? 대답 안 해도 좋으니까 들어주세요."

말은 그렇게 했지만, 어떻게 무슨 말을 해야 좋을지 정하지 않았다는 걸 이제 와서야 알아차렸다.

문득, 갑자기 다른 집 주민들한테 들리지는 않을지 불안해졌다.

하지만 이제 와서 도망칠 수는 없다──.

심호흡.

나는 현관문이 미츠키 씨 본인이라도 되는 것처럼 말하기 시작했다.

"얼마 전에 매점에서 싸운 뒤에 학생 지도실에서 말이죠, 미츠키 씨한테 저희 집안일에 대해서 얘기했었죠. 기억하시나요."

그때 나는 중학교 1학년 때 어머니가 돌아가셨다는 사실과 2학년 때 아버지가 재혼해서 새어머니와 여동생이 생겼다는 이야기를 했었다.

"하지만 지난번에 말한 것처럼, 왠지 제가 불편해서 말이죠. 솔직히 말하자면 아버지를 포함해서, 저만 빼고 다른 사람들이 전부 「가족」이 돼버렸고, 저만 혼자 따돌림당한 것 같은 기분이 들어서 말이죠. 하지만 아버지도 기뻐 보여서 저는 아무 말도 할 수가 없었어요. 저 혼자만 「가족」이 전부 없어져 버린 것 같은 기분이 들었는데."

내 앞에는 여전히 아무 말 없는 현관문이 가로막고 서 있다.

하지만 그 너머에서, 틀림없이 미츠키 씨가 내 이야기를 들어주고 있으리라고 믿는 수밖에 없다.

"미츠키 씨가 입학하자마자 절 불러내서 프러포즈했을 때, 사실은 정말 기뻤어요. 저만의 「가족」이 생긴 것 같아서 정말 기뻤어요."

그 뒤로 매일매일 엄청나게 즐거웠다.

아침에 일어났을 때 '잘 잤어'라고 말해주는 사람이 있다는 것이.

같이 아침밥을 먹어주는 사람이 있다는 것이.

같이 웃을 수 있는 사람이 있다는 것이.

조용히 서로 마주 볼 수 있는 사람이 있다는 것이.

무엇보다 앞으로의 인생을 같이 걸어가고 싶다고 생각하는 사람이 있다는 것이.

"매일매일 너무 즐겁고, 꿈만 같았어요."

그렇게 말하면서 눈물이 나오려고 했지만, 여기서 울면 안 된다고 자신을 질타했다.

미츠키 씨는 대답이 없다.

"미츠키 씨가 정 나가고 싶다면, 저도 말리지 않을게요. 하지만 마지막이라면, 오늘 저녁밥 정도는 같이 먹으면 안 될까요. 오늘은 제가 만들게요. 아까 미츠키 씨 고집에 맞춰줬잖아요. 이게 내 마지막 고집이라고 생각하고, 저한테 맞춰주세요."

하고 싶은 말을 다 하고, 가만히 서 있었다.

그때, 손에 들고 있던 스마트폰이 진동을 울렸다.

미츠키 씨한테서 LINE으로 OK라는 메시지가 왔다.

해는 완전히 저물었고, 나는 방 안에서 미츠키 씨를 기다리고 있었다.

『저녁 7시, 열쇠로 저희 집 문 열고 들어오세요.』

그렇게 메시지를 보냈지만, 과연 미츠키 씨가 약속한 대로 와줄까.

역시 마음이 바뀌어서 안 온다면……?

아냐, 괜찮아. 미츠키 씨는 틀림없이 와줄 거야……!

그런 자문자답을 되풀이하고 있는데 딱 약속한 시간에, 우리 집 현관문이 조심스레 열리는 소리가 났다.

와줬다.

그 사실만으로도 엄청나게 신이 나려고 했다.

하지만── 지금부터가 중요하다.

문이 열리고 밖에서 빛이 들어온다.

역광 속에, 미츠키 씨가 서 있다. 실루엣만 봐도 알 수 있다. 수수한 교사 모드, 즉 평소에 같이 저녁식사 하던 때의 미츠키 씨였다.

"어라? 치사토 군? 어, 어두워서 무서운데?"

어두운 현관에서, 나도 뻔히 알 수 있을 정도로 무서워하는 미츠키 씨가 조금 귀엽다.

미츠키 씨가 손으로 더듬어서 현관 전등을 켜려고 한다. 하지만 불은 켜지지 않는다.

내가 미리 전구를 빼놨기 때문이다.

"미츠키 씨, 현관에 불 안 켜지니까 그냥 들어오세요. 이쪽 불 켤 테니까."

미츠키 씨는 잠깐 뭔가를 생각하려는 것처럼 가만히 서 있었지만, 마침내 신발을 벗고 이쪽으로 다가왔다.

미츠키 씨가 거실 입구로 왔다.

그 순간, 전등 스위치를 켰다.

"눈부셔……." 미츠키 씨가 손으로 눈을 가렸다.

미츠키 씨가 불빛에 익숙해지자, 내가 이름을 불렀다.

"어서 오세요, 미츠키 씨."

"저기…… 나 왔어, 치사토 군. 이건, 대체?

평소에 식사하던 탁자 위에 차려진, 평소와 조금 다른 음식을 보고 눈이 휘둥그레졌다.

햄버그, 밥, 된장국, 샐러드. 여기까지는 평범한 저녁 메뉴인지도 모른다.

하지만 거기에 전채요리가 준비돼 있고 홀 사이즈 케이크까지 있으니 조금 놀랄 만도 하지.

케이크와 전채요리 일부 외에는 전부 내가 만들었고.

"놀랐어요? 미츠키 씨, 햄버그스테이크 좋아하시죠?"

"놀랐다고 할까……. 언제 그런 얘기 했었지. 아, 혹시 이거, 최후의 만찬. 나 죽는 거야?"

"아니거든요."

항상 그랬던 것처럼 혼자 상상하고 눈물을 글썽이는 미츠키 씨한테 방석에 앉으라고 했다.

식탁에 준비해 놓은 초에 불을 붙였다.

"혹시 치사토 군 생일…… 은 아니고."

"예, 아니에요."

만약에 내 생일이었다면 직접 이런 음식들을 준비하지도 않을 테니까.

"혹시 내 생일……?"

"아마, 아니죠?"

내가 알고 있는 미츠키 씨 생일은 오늘이 아니다.

"……앞으로, 나이를 먹는 게 싫으니까 생일 따위는 잊어버릴 거야."

혼자 이상한 어둠을 짊어지지 마세요.

나는 헛기침을 했다.

"오늘은…… 아무것도 아닌 날이에요. 미츠키 씨 생일도 아니고 제 생일도 아니고. 무슨 기념일도 아니에요. 혼자 살기 시작한 지 한 달이 되는 날이라서 그런 것도 아니고."

"응……."

"하지만, 저한테 오늘은, 아니, 오늘도 특별한 날이에요. ……

미츠키 씨가, 있으니까.”

나도 모르게 목소리가 떨렸다. 새삼 이런 말을 했더니 창피해서 도망치고 싶은 기분이 든다.

너무 시시한 말인지도 모른다. 어린애의 잔꾀인지도 모른다.

방의 전구를 빼놓고, 단둘만의 만찬을 준비하고, 촛불을 켜고.

나는 책상 위에 숨겨뒀던 장미 한 송이를 꺼냈다.

형태로 보여줘야만 마음이 전해진다니, 정말 귀찮은 일이다.

아무리 형태로 보여주려고 해도, 만족할 만한 물건은 도저히 준비할 수 없을 만큼, 내 마음은 이렇게나 큰데.

그 답답함을 그러모아서 하나의 형태로 만든 새빨간 장미를, 진심으로 소중하게 여기는 여성에게, 무릎을 꿇고서 바쳤다.

“치사토 군…… 이건——.”

새빨간 장미의 향기와 함께, 말했다.

“입학식 날에는 미츠키 씨가 먼저 말했지만, 저도, 역시 남자로서 제 입으로 말하고 싶어요.”

무슨 분위기인지 눈치챘는지, 미츠키 씨도 자세를 바로잡고 날 똑바로 쳐다봤다.

“——예.”

미츠키 씨의 눈동자는 이미 촉촉하게 젖어 있다.

거기에 내 모습이 비치고 있다.

미츠키 씨는 지금, 나만을 바라봐주고 있다——.

“미츠키 씨, 정말 좋아해요. 이 세상 누구보다 사랑해요.”

사랑하는 사람이 내 말로 채워져 가고 있다는 걸 알 수 있다. 미츠키 씨 눈에서 뜨거운 눈물이 넘쳐나고 있다. 어린애처럼 눈물을 뚝뚝 흘리면서. 안경을 벗고 계속 눈물을 닦으면서.

미츠키 씨가, 나한테 말했다.

"나── 스물다섯 살이거든?"

"알아요."

"선생님인데?"

"그것도 알아요."

"아줌마거든?"

"스물다섯 살에 아줌마라는 소리 하면, 학생 어머니들이 화낼 걸요."

"지금까지 누구랑 사귀어본 적도 없어서, 뭘 어떻게 해야 좋을지도 모르고……."

"저도 미츠키 씨가 처음이에요. 지금까지처럼 처음 해보는 사람들끼리, 하나하나, 우리 둘만의 규칙을 정해나가면 되지 않을까요."

또 미츠키 씨가 커다란 눈물방울을 흘렸다.

"치사토 군은 정말 대단하네…… 내가 아무리 안 된다는 이유를 말해도, 그걸 전부 뛰어넘어버리잖아. 너무 눈부셔."

하지만, 나는 고개를 저었다.

"저는 미츠키 씨한테 제 마음을 전하고 싶어서 필사적일 뿐이에요. 상대가 미츠키 씨니까, 아무리 안 된다고 해도 포기하지 않

123

을 거예요."

미츠키 씨가 쭈뼛쭈뼛, 손을 떨면서, 빨간 장미를 향해 손을 뻗었다.

사랑의 꽃에 미츠키 씨의 손이 닿기 직전, 입학식 날 있었던 일을 생각하면서 속삭였다.

"『달이 아름답네요』."

미츠키 씨 눈이 아주 약간 휘둥그레졌지만, 바로 부드럽게 미소 지었다.

"『죽어도 좋아요』."

그렇게 말하고, 미츠키 씨가 내 장미를 받았다.

"미츠키 씨……."

"나도, 치사토 군이 정말 좋아요."

한 송이의 사랑이 담긴 장미 향기를 가슴속 한가득 빨아들인 내가 사랑하는 사람이, 또 눈물을 흘렸다.

하지만 그것은, 틀림없이 기쁨의 눈물——.

왜냐하면, 지금 나도 눈물이 날 것 같으니까.

이렇게 해서 우리 두 사람의 '교제(임시)'가 다시 시작됐다.

제3장 올바른 룸 셰어는 어떻게 하는 건가요?

다음날인 일요일. 어떤 의미에서 보면 어제보다 경천동지할 일이 일어났다.

평화로운 4월 오후의 햇살을 받으면서, 자기 집 열쇠를 부동산 분에게 돌려준 미츠키 씨가 우리 집으로 왔다.

여벌 열쇠로, 미츠키 씨가 우리 집 현관문을 열었다.

거기까지는 평소랑 다를 게 없는데…….

우리 집으로 온 미츠키 씨는 긴 머리카락을 하나로 묶고 안경을 쓴 평소와 똑같은 모습이지만, 입고 있는 옷이 달랐다.

오늘 미츠키 씨는 순백색 원피스 차림. 아침 햇살을 받아서 마치 웨딩드레스처럼 빛나고 있다.

볼이 살짝 발그레해진 미츠키 씨가, 우리 집에 들어와서는 큰절을 했다.

"많이 모자란 몸이지만, 앞으로 잘 부탁드리겠습니다."

아무리 봐도 전통 결혼식에서 하는 인사였다.

이렇게 된 것은, 어젯밤의 일 때문이다.

「아무 날도 아니지만 미츠키 씨가 이어주는 기념일」이 「교제(임시)가 다시 시작된 기념일」이 됐고, 우리는 둘이서 맛있게 저녁을 먹었다.

잔뜩 먹고, 둘 다 배가 부르고 슬슬 잠이 올까 말까 하는 그때,

미츠키 씨가 폭탄을 던졌다.

"치사토 군한테 긴히 상담할 일이 있습니다."

"예, 뭔데요."

진지하게 말을 꺼냈으면서, 미츠키 씨는 고개를 살짝 숙이고 내 시선을 피하고 있다. 나는 감자 샐러드 남은 것을 모아서는 내 접시에 덜었다.

"사실은, 그게에, 중대한 문제가 있습니다만――."

"예."

"――나, 살 집이 없어졌어."

그렇게, 미츠키 씨가 씁쓸하게 웃으면서 자백했다.

결론만 말하자면, 미츠키 씨는 거짓말이 아니라 정말로 자기 집을 해약해버렸다.

일단 젓가락으로 집은 감자 샐러드를 입에 넣었다. 맛있다.

"……그거 큰일이네요."

"큰일이에요. 미쿠리야 미츠키, 일생일대의 큰 문제입니다."

"정말이었군요."

"정말이었습니다."

무릎을 꿇은 미츠키 씨가 고개를 숙였다. 딱 혼나는 자세. 난 혼낼 생각이 없지만.

"해약을 취소할 수는 없나요."

"부동산 영업시간은 19시까지였습니다."

어째서인지 미츠키 씨가 계속 존댓말로 답변했다.

그렇다면, 내가 저녁을 먹자고 했을 때는 이미 어찌할 수 없는 상황이었다는 건가.

"그러니까, 확인 좀 해보겠는데요, 만약 제가 아무 말도 안 했으면, 미츠키 씨는 방 뺀 다음에 어떻게 할 생각이었던 건가요."

"일단, 마미네 집에 들어갈 생각이었습니다."

"정말인가요."

"아무래도 아기도 있어서 오래 있으면 폐가 되겠지만, 재빨리 새집을 찾을 생각이었으니까요. 왜, 제가 교사고, 나름대로 신용도가 있는 직업이니까."

"보증인은요?"

나도 이 집을 얻은 지 얼마 안 되다 보니, 절차에 대해서는 대충 기억하고 있다.

"아버지도 교육 관련 일을 하고 계시니까, 그래서 보증인에는 특별히 문제가 없습니다. 아, 치사토 군도 저희 아버지한테 소개해야겠네요."

"그러니까, 그건 나중에 하고."

레벨 1인 저를 갑자기 끝판왕한테 던져놓지 마세요. 틀림없이 죽을 테니까.

"지금 상황은 이렇습니다."

미츠키 씨가 그렇게 마무리했다.

보리차를 마셨다. 미츠키 씨도 보리차를 마셨다.

"상황은 알겠습니다. 자, 이제 어떻게 할까요——."

"그러게요……."

솔직히 말하자면, 타개책이 될 수 있는 역전 홈런 같은 답은 이미 생각하고 있다.

하지만, 그걸 말하기가── 너무나 창피하다.

미츠키 씨가 고개를 갸웃거리면서 날 쳐다봤다. 어딘가 불안해 보이는, 비 맞은 새끼 고양이 같은 모습이다. 젠장, 너무 귀엽잖아.

"미츠키 씨."

"예."

"여기에 아주 심플하고 자명하다고 여겨지는 해결책이 있는데, 들어보실래요?"

"꼭 가르쳐주세요. 이 덜렁대고 게을러터진 거북이를 이끌어주세요."

"『덜렁대고 게을러터진 거북이』?"

"──「스튜어디스 스토리」라는 태곳적 드라마 이야기니까 신경 쓰지 마세요."

큰일이라서 그런지, 세대 차이가 느껴질 수도 있는 화제인데도 미츠키 씨가 은근슬쩍 넘어가 버렸다.

나는 얼굴이 뜨거워지는 것을 인식하면서, 이렇게 제안했다.

"저랑 같이 사시죠."

미츠키 씨 얼굴이 펑, 하고. 새빨갛게 폭발했다.

"가가가, 가춰, 가춰, 같이 살자궈어어?!"

목소리가 갈라진 데다 살짝 DJ처럼 혀 꼬인 소리까지 났다.

"지, 진정하시죠 미츠키 씨."

나도 진정하지 못했지만.

"그, 그래! 일단 진정해야지! 이럴 때일수록 연상 누나의 냉정함을 보여줘서 호감도 상승! 진정하려면 손바닥에 '사람 인(人)'자를 여러 번 써서 먹으면 되는 거지?"

"차가운 보리차를 마시면 진정될 것 같거든요?!"

미츠키 씨가 서둘러서 보리차를 연속으로 세 잔이나 마쳤다.

"후······."

"그러니까요, 미츠키 씨. 미츠키 씨는 살 집이 없지만, 그것도 따지고 보면 저랑 헤어지기 위해서 그랬을 뿐이고, 이렇게 저희는, 그러니까, 헤어지지 않았잖아요. 그러니까, 서로 돕기 위해서 말이죠——."

같이 살자는 말을 두 번은 못 하겠다······!

보리차로 약간 진정된 미츠키 씨가 부끄러워하는 표정으로 확인했다.

"하, 한마디로, 도도, 동거하자는 얘기지?"

안 되겠다. 이 사람, 하나도 진정되지 않았어.

"그러니까, 그 말은 좀 너무 노골적이지 않은가요."

"노, 노골적?!" 또 새빨개져서 폭발하는 미츠키 씨. "그렇게 이상한 생각은 안 하거든?!"

"저도 안 했거든요?!"

둘이서 나란히, 보리차를 한 잔씩 더 비웠다.

미츠키 씨는 진정되기는커녕, 보리차를 너무 마셔서 상태가 안 좋아진 것 같다.

"으으, 뱃속에서 물 출렁거리는 소리가 나."

"저기요, 미츠키 씨. 이 아파트, 투 룸이잖아요. 그러니까 도, 동거보다는,『룸 셰어』라고 하면 어떨까요."

미츠키 씨 얼굴이 환해졌다.

"루, 룸 셰어……."

"맞아요. 룸 셰어."

하긴,『동거』라고 하면 고등학생한테는 너무 자극적이지만,『룸 셰어』라고 하면 왠지 멋있는 기분이 든다. 마치 법의 구멍을 찾아낸 사기꾼 같은 기분이었다.

"룸 셰어, 노골적이지 않아."

"맞아요."

"하지만, 룸 셰어라는 건, 한 지붕 아래에서……! 결혼(진지)……?!"

미츠키 씨가 또 폭발했다.

"진정하죠, 미츠키 씨."

지금까지도 같은 건물이니까 구조상「한 지붕 아래」였지만, 그 얘기를 했다가 미츠키 씨가 한계돌파라도 하면 큰일이니까 조용히 있자.

"응, 그래, 진정할게. 진정할게, 치사토 군."

"그렇게 하면 어떨까요?"

"새, 새, 생활비는 낼 테니까! 모자라면 몸으로……!"

"미츠키 씨, 진정하시라니까요?!"

……그렇게 해서, 미츠키 씨와의 룸 셰어가 결정됐다.

밤 동안에 미리 짐을 싸서, 어느 정도는 미리 우리 집으로 옮겨 놨다.

룸 셰어를 하면서 발생하는 번뇌를 격퇴하는데, 이 힘쓰는 일이 생각보다 큰 도움이 됐다.

그렇게 해서 미츠키 씨가 우리 집으로 오게 됐다.

"많이 모자란 몸이지만, 앞으로 잘 부탁드리겠습니다."

룸 셰어하는 사람이 할 말은 아닌 것 같지만, 미츠키 씨의 마음이 담겨서인지 지금 이 상황에 제일 잘 어울리는 말 같았다.

"저야말로 잘 부탁드리겠습니다."

나도 고개를 숙였더니 미츠키 씨가 '헤벌쭉'하고 웃었다.

"치사토 군, 귀여워……."

"미, 미츠키 씨?"

"응? 헉! 아무것도 안 했사옵니다만?!"

은근슬쩍 침을 닦은 게 왠지 신경 쓰이는데…….

아무래도 새하얀 원피스를 입은 채로 이사 작업을 할 수가 없다보니, 미츠키 씨가 수수한 운동복으로 갈아입었다. 정말 잘 어울렸다.

내가 평소에 공부하는 방으로 쓰던 방에 탁자를 놓고 내 이불을 깔기로 했다. 그러면서 옷장도 비웠다.

갑자기 짐이 두 사람 몫이 됐지만, 미츠키 씨가 가지고 온 짐이 그다지 많지 않았다.

"지난번 집에서도 공간이 꽤 많았었던 것 같던데요."

"내가 평소에는 건어물녀니까, 상자에 그대로 넣어두고는 하거든."

들어선 안 되는 얘기 같으니까 못 들은 걸로 하자.

"미츠키 씨, 책이 많네요."

옷보다 책이 훨씬 많다.

"뭐, 학교 선생님이니까. 가르치는 지구과학은 물론이고 교육학 책이나 고등학교, 대학 시절 교과서도 가지고 있거든."

"그렇구나~."

수업할 때의 시원시원한 미츠키 씨의 모습이 머릿속에 떠올랐다.

자주 쓰는 식기나 젓가락 등은 아침저녁을 같이 먹기 위해서 이미 우리 집에 가져다 놨다.

하지만 이번에는 본격적인 이사다.

미츠키 씨의 일용품도 옮겼다. 그중에는 세면도구도 있었다.

"미츠키 씨, 드라이어랑 칫솔 같은 건 세면실에 놓으면 될까요."

"아, 고마워~."

나는 평소에 드라이어를 안 쓴다. 까치집이 생기면 물로 적셔서 자연건조 하거나, 심할 때는 아침에 샤워를 하고 덜 마른 상태에서 젤을 발라버린다.

그래서 세면대 주위에는 물건을 놓을 공간이 꽤 많다.

여자다운 핑크색 드라이어와 머리빗, 칫솔까지는 알겠는데, 각종 스프레이나 화장품까지 가면 뭐가 뭔지 잘 모르겠다.

하지만 미츠키 씨의 옷을 정리할 수는 없으니까. 조금이라도 도와주려면 이런 사소한 물품들이나 정리하는 수밖에 없었다.

빨리 정리하고 쉬고 싶기도 하니까.

"일단 아는 것들만 놔둘게요~"

세면도구 다음에는 목욕 용품.

샴푸, 컨디셔너, 트리트먼트, 바디 소프…….

컨디셔너와 트리트먼트의 차이는 잘 모르겠지만, 상품명만 봐도 여성용이라는 건 일목요연. 손에 든 병에서 감도는 향기는 틀림없는 미츠키 씨 냄새였다.

미, 미츠키 씨가 매일 이걸 쓰고 있어―!

온몸에 전율이 일었다.

나도 모르게 냄새를 맡으려다가, 내가 상당히 위험한 놈이 돼 있다는 사실을 깨달았다.

위험해. 너무 위험해…….

이른 모습을 들키면 룸 셰어 첫날부터 정이 떨어질 거야. 미츠키 씨가 정말로 나가버릴지도 모른다.

마음속으로 『반야심경』을 외우면서 기계적으로 샴푸와 린스같은 목욕 용품을 늘어놨다. 나는 지금 산업용 로봇이다.

"조, 좋았어……."

샴푸가 오른쪽인지 왼쪽인지 같은 세세한 조정은 미츠키 씨한테 맡기기로 하고, 욕실 물품 반입은 무사히 끝났다.

"자, 다음은――."

핑크색 나일론 소재 샤워 타월이 나왔다. 보디 소프를 묻히고

거품을 내서 몸을 씻는데 쓰는 그거다.

그렇다면.

지금 내가 들고 있는 이 핑크색 나일론 소재 물건은.

미, 미츠키 씨가 온몸을 꼼꼼히 닦을 때—?!

또다시 전율이 일었다.

나도 모르게 타월의 냄새를(이하 생략).

왠지 혼자 흥분해서 변태가 된 것 같잖아?

룸 셰어라는 게 이렇게 위험한 일이었다.

힘내라, 내 이성.

미츠키 씨의 신뢰를 배신하지 마라.

하지만 하반신이 쓸데없이 혈기왕성해지고 있다.

……일단 얼굴이라도 씻자.

내가 이성의 힘을 되찾기 위해 세면대에서 얼굴을 씻고 있었더니, 미츠키 씨가 상황을 보러 왔다.

"미안해, 이런 일까지 시켜서. ……잠깐, 치, 치사토 군—."

미츠키 씨 얼굴이 갑자기 새빨개졌다.

"왜 그러세요."

미츠키 씨가 묘하게 우물쭈물하면서 세면대 거울 앞에 있는 칫솔을 가리켰다.

"그, 그 칫솔……."

난 평소에 칫솔을 양치질할 때 쓰는 컵에 꽂아둔다. 미츠키 씨 칫솔도 그렇게 해놨는데…….

"아."

내 얼굴도 폭발했다

미츠키 씨의 빨간 칫솔 옆에, 내 파란 칫솔이 딱 달라붙어 있었다.

마치 파란 칫솔이 빨간 칫솔의 볼에 살짝 입을 맞추는 것 같은 모양으로.

"…………."

"…………."

밖에서 덤프트럭 지나가는 소리가 나면서 건물이 조금 흔들렸다.

그 탓에 칫솔도 살짝 움직였다.

미츠키 씨의 빨간 칫솔이 빙글 도는 것처럼 움직였고, 그 위에 내 파란 칫솔이 마주보는 것처럼 달라붙었다.

파란 칫솔이 빨간 칫솔 위에 올라타고, 키스하는 것 같은 모양이 됐다.

"호냐아아아아아……. 너무 과감해……."

미츠키 씨가 울먹이는 표정을 지었다.

"아, 아~ 그, 그러니까, 충치균이라도 옮으면 안 되겠죠."

억지로 핑계를 만들어서 칫솔을 옮겼다.

"아, 아하, 아하하. 응, 나도 충치 심하니까. 충치는 아프니까."

"그, 그죠, 치과에 계속 다니려면 그것도 힘들고."

""아하하하하하.""

세면실에 메마른 웃음소리가 울렸다.

──우리는 대체 뭘 하고 있는 걸까.

웃음소리가 끊어진 순간── 고개를 살짝 숙인 미츠키 씨의 속눈썹이 은근히 요염해 보였다. 분홍색으로 물든 뺨은 매끄럽고 소녀 같다. 이사하느라 살짝 땀이 난 탓에 새콤달콤한 향이 난다.

무엇보다 지금 눈길을 끄는 건, 살짝 벌어진 가련한 입술.

꿀꺽, 하고 군침을 삼켰다.

어쩔 수 없이 커지는 긴장감.

바로 손이 닿는 곳에, 항상 미츠키 씨가 있다.

아까 그 칫솔처럼, 내가 미츠키 씨 위에 올라타고, 얼굴이 접근하고, 그리고, 그리고──!

"끄아아아아아!"

"호냐아아아! 왜 그래, 치사토 군?"

번뇌를 털어내기 위해서 기합을 넣었더니, 미츠키 씨가 깜짝 놀랐다.

하나부터 열까지 옆집에 살던 때하고는 차원이 다르다.

"미츠키 씨!"

"예?!"

"밥 먹으러 가실래요?!"

"뭐?"

"밥 먹으러 가죠. 더는 못 버티겠어요!"

지금 이 상황에서 계속 여기 있으면, 난 분명히 야수가 돼버릴 거야. 일단 자리를 옮기고 냉정해지자. 풍수지리의 원리다.

"아, 그렇게 배가 고팠구나. 생각 못 해서 미안해. 잠깐만 기다려."

세면대에서 손과 얼굴을 씻은 미츠키 씨가 일단 방으로 갔다.

그러는 사이에 나도 필요 없는 골판지 상자들을 정리해서 집 밖으로 내놓고, 손과 얼굴을 씻고서 기다렸다. 힘쓰는 일로 번뇌를 물리친 것이다.

조금 기다렸더니 미츠키 씨가 나왔다.

"오래 기다렸지~."

나온 사람은 목 아랫부분은 소위 말하는 컨서버티브 룩인 점잖은 차림새지만, 목 윗부분이 건어물계에 등이 구부정한 하이브리드 미츠키 씨였다.

솔직히 말해서, 완전히 미스 매치다.

"저기요 미츠키 씨. 그 차림은?"

"응. 그냥 사복인데, 평소 하던 차림으로 나갔다가 다른 학생이랑 마주치기라도 하면 큰일이잖아? 그래서 헤어스타일이랑 안경만 건어물 모드를 채용했어."

말투는 평소의 미츠키 씨인가.

"혹시 말이죠, 나름대로『변장』한건가요."

"응."

"……머리와 옷이 너무 따로 놀아서 오히려 눈에 띄지 않을까요?"

"그래?"

"역시 그 머리에는 스웨트가 잘 어울릴 것 같은데요."

"뭐야? 치사토 군은 스웨트 취향이야?"

"그런 게 아니라요."

미츠키 씨가 옷을 갈아입기 위해서 다시 방으로 들어갔다.

하지만 밥 먹으러 갔다가 다른 사람한테 들키기라도 하면 큰일이라는 말은 맞는 말이다. 내가 너무 생각이 없는 걸까.

"오래 기다렸지. 이건 어때, 달·링?"

낮고 요염한 목소리. 아름다운 검은 머리를 휘날리고, 가슴팍이 크게 벌어진 옷으로 가슴의 곡선을 강조. 미니스커트를 입어서 평소에 보여주지 않는 각선미까지 아낌없이 드러내고 있다. 온몸이 색기 덩어리가 된 것 같아서, 어디를 봐야 할지 난처할 지경이다.

완전체 초절미인 모드 미츠키 씨였다.

내 여자 친구는 정말 미인이구나. 마치 예술작품처럼 아름답다.

"미, 미츠키 씨……."

어느새 코피가 나고 있었다.

"저기 치사토 군, 괜찮아?!"

초절미인 모드 미츠키 씨가 평소 말투로 깜짝 놀랐다.

"괘, 괜찮아요."

한심하게도 휴지를 찢어서 콧구멍을 막았다.

"치사토 군, 어디 부딪쳤어?"

내 상태를 보려고 다가오는 미츠키 씨한테서 엄청나게 달콤한 냄새가 난다. 이거, 아까 그 샴푸려나?

"괜찮아요. 제가, 어릴 적부터 코피가 잘 나는 체질이거든요. 금방 멎을 거예요."

"잠깐 누워 있는 게 좋지 않을까? 머리, 여기 얹을래?"

무릎을 꿇고 앉은 미츠키 씨가 자기 허벅지를 살짝 두드렸다.

"예, 뭐, 뭘."

"무릎베개해줄게."

미니스커트 차림인 미츠키 씨의 무릎베개, 라고—?!

무릎 꿇고 앉아서 이리 온, 이리 온 하고 있는 미츠키 씨가 상체를 약간 앞으로 숙이고 있는 탓에, 커다란 가슴이 더 강조되고 가슴골 계곡도 선명하게.

저런 상태에서 무릎베개라도 하면, 아마도고 자시고 틀림없이 미츠키 씨 가슴이 내 얼굴에 닿는다.

"아, 아뇨, 머리를 높게 두는 쪽이 좋을 것 같으니까요."

"그래? 그럼 바닥에 누울까?"

그것도 위험하다.

바닥에 누우면 당연히 미츠키 씨가 내 얼굴을 들여다보는 자세가 되겠지.

그렇게 되면 달콤한 냄새가 나는 머리카락이 날 간질이고, 눈앞에서는 더욱 흉악해진 가슴이 다가올 것이다.

위치에 따라서는 무릎 꿇고 앉아 있는 미니스커트 안쪽이 보이게 될지도 모른다.

그렇게 되면 코피가 멎기는커녕 출혈 과다로 죽을 자신이 있다.

결론. 이 사람은 날 죽이려 하고 있다.

"괘, 괜찮으니까요! 그, 그리고 미츠키 씨, 그 차림은, 그러니까, 너무 예뻐서 되레 눈에 띄니까, 좀 자제하는 쪽이."

"윽, 치사토 군. 또 그런 소리해서 연상 누나의 마음을 가지고 노네. 타고난 바람둥이 아냐?"

"아무튼 부탁드릴게요."

솔직히 말하자면── 다른 사람한테 이렇게 예쁜 미츠키 씨를 보여주고 싶지 않은 심정이다.

그 뒤로 조금 지나서 코피도 무사히 멎었고, 미츠키 씨는 하이브리드 때에 입었던 컨서버티브 룩 차림과 평소대로 하나로 묶은 머리로 결론을 내렸다.

"괘, 괜찮으려나."

"괜찮아요."

미츠키 씨가 평범한 대신 내가 머리 모양을 바꿨다. 복장도 내가 어른인 미츠키 씨에게 가까이 다가가기 위해서 셔츠를 입었다. 선글라스를 쓸까도 했지만, 연예인도 아니고 오히려 눈에 띌 것 같아서 도수 없는 안경을 썼다.

내가 안경을 쓰자 갑자기 미츠키 씨가 손수건으로 입을 가렸다.

"윽."

"안경이 그렇게 안 어울리나요."

"아야, 그어거 아야. 잠간, 기다여. 감바하 게 이서서."

미츠키 씨가 방에서 유난히 오랫동안 깜박한 물건을 찾으러 갔다 온 뒤에, 겨우 우리는 밖으로 나왔다.

내가 먼저 나가서 안전한지 확인한 뒤에 미츠키 씨도 나왔다.

나도 확실하게 미츠키 씨한테 마음을 고백했고, 게다가 룸 셰어까지 시작했다. 그냥 한마디 했을 뿐인데, 세상이 전혀 달라 보였다.

평소와 똑같은 주택가, 흔한 하얀색 세단과 경자동차, 서둘러 걸어가는 어른들, 꽃잎이 떨어지고 새 잎이 나기 시작한 벚나무. 어제까지의 세상과 똑같은데, 전혀 다른 세상처럼 보인다. 세상이 너무나 아름답다.

그 세상 중심에 미츠키 씨가 있다.

"미츠키 씨, 뭐 드시고 싶으세요."

"아무거나 좋아."

그렇게 말한 미츠키씨가 갑자기 쑥스럽게 웃었다.

"왜 그러세요."

"에헤헤. 이게 첫 데이트구나~ 싶어서."

엄청나게 귀여웠다. 위험해, 위험해. 그 이상 단둘이 집 안에 있었다면 어떻게 됐을까.

동시에 아차, 하고 생각했다.

지금까지 평일에는 학교에 가야 하니까 밤과 아침에만 미츠키 씨가 우리 집에 왔고, 같이 외출한 적은 없었다. 일요일에는 미츠키 씨도 수업 준비를 해야 해서 따로 행동하는 경우도 많았다.

그래서 미츠키 씨가 지적한 것처럼 지금이 첫 데이트다.

하지만 이사 작업에다 급하게 번뇌로부터 대피하기 위해서 어찌어찌해서 이렇게 됐기 때문에, 솔직히 말하자면 아무 계획도 없었다.

"자, 잠깐만 기다려주세요."

잠깐 멈춰 서서 스마트폰을 꺼냈다.

일단 미츠키 씨랑 같이 가면 좋겠다고 망상했던 가게들이 몇 군데 있다. 고등학생인 나라도 어떻게든 미츠키 씨 몫까지 계산해서 약간이나마 어른 행세를 할 수 있으면서도 분위기가 괜찮아 보이는 가게다. 하지만 갑작스러운 일이고, 방에 있는 노트북으로 검색했었기 때문에 이름이 생각나지 않았다.

갑자기 스마트폰을 조작하기 시작했더니 미츠키 씨가 고개를 갸웃거렸다.

"왜 그래?"

정말이지, 이 동작을 하면 미츠키 씨의 귀여움이 하늘 높은 줄 모르고 커진다니까.

"그게요, 사실은 말이죠."

내가 사정을 설명하자 미츠키 씨가 푸근한 미소를 지었다.

"그런 건 신경 쓰지 않아도 돼."

"하지만⋯⋯."

역시 좋아하는 사람이 기뻐해 줬으면 싶으니까.

"그건 다음에 하자? 그런 가게, 나도 갑자기 가면 긴장하게 되니까."

내 코끝을, 미츠키 씨가 손가락으로 톡 건드렸다.

"아, 그렇구나."

그런 분위기 좋은 가게에 가려면, 미츠키 씨야말로 별생각 없이 갈 수는 없겠지. 예를 들자면 아웃도어 데이트를 하느라 청바지 차림인데, 서프라이즈로 프렌치 레스토랑에서 디너를 먹자고 데리고 가면 예쁘게 차려입은 주위 여성들하고 비교되면서 고문 같은 기분이 들 테니까.

"그나저나 요즘은 정말 뭐든지 스마트폰으로 검색하는구나. 내가 고등학생 때는 『도○ 워커』라는 책이 있었거든. 나보다 윗세대는 많이 읽었다는 것 같아. 난 안 읽었지만."

"아, 서점에 가면 가끔 있는 그 월간지 말이죠."

미츠키 씨의 눈에서 미묘하게 빛이 사라졌다.

"……지금은 월간이구나아. 우리 때는 격주였거든? 원래는 주간지였고. 그것도 다 출판시장 불황과 스마트폰 때문이야. 크으윽."

"미츠키 씨?"

"……그것 말고도 여성용으로 『Chou Chou(슈슈)』라는 잡지도 있었는데, 그것도 없어졌어."

"아~ 그건 정말 슬프네요."

"그것 말고도 약간 야한 내용도 다루는 『TOKYO ○주간』이라는 것도 있었어. 치사토 군 세대는 모르겠지만."

"야, 야한 내용인가요……."

"추천하는 러브호텔 같은 것도 나오…… 뭐야, 이상한 소리 하게 만들지 마! 그건 내가 읽은 게 아니니까! 친구가 가르쳐준 거니까!"

투닥투닥 때렸다. 자기가 멋대로 그 잡지 내용을 폭로했으면서, 너무하네.

"알겠어요. 알았으니까 그만 때리세요~"

말은 그렇게 했지만 나도 모르게 웃음이 나왔다. 귀엽잖아, 이 사람.

미츠키 씨, 또 얼굴이 빨개지고 입을 삐죽 내밀어서 불만이라는 표정을 지었다.

그런데 문득 머리 위에 전구 불빛이 번쩍, 켜진 것 같은 얼굴이 됐다.

"치사토 군, 라멘 골목에 라멘 먹으러 가자."

"라멘 말인가요?"

"응. 둘이서 같이 먹은 추억의 장소니까. 아, 그게 첫 데이트라고 해야 하나?"

"그건 건어물계 여성에 의한 스토커 행위에 가까웠던 것 같은데요."

입학식 이틀 전에 건어물녀 모드 미츠키 씨가 날 미행했던 때 이후로 라멘 골목에는 안 갔었다. 아무래도 그 뒤로는 거의 집에서 미츠키 씨랑 같이 저녁을 먹었으니까.

라멘 골목에 들어가자 돼지 뼈 육수 냄새가 났다.

여기에는 총 열 곳의 라멘 가계가 있고, 그중에 돼지 뼈로 육수를 우리는 돈코츠 라멘 집은 두 집뿐인데도 정말 압도적인 존재감이다. 그래서 지난번에 왔을 때는 선택의 여지도 없이 돈코츠 라멘집에 들어갔었지.

"돈코스, 쇼유, 미소……. 오늘은 어떤 라멘이 좋으려나."

미츠키 씨가 신기하다는 듯이 가게들을 구경했다.

"특별히 좋아하는 라멘은 있나요?

"음~ '꼭 이걸 먹어야 해!' 같은 강한 기호는 없어."

"지난번엔 돈코츠랑 쇼유 라멘이었죠."

"그건, 치사토 군이 먹어서 나도 같은 걸 먹고 싶어서 그랬던 거야."

무의식적인 한마디의 파괴력. 순수한 눈동자의 폭력. 공공장소인데 또 코피가 나올 뻔 했잖아요.

"그, 그럼, 미츠키 씨는 걸쭉한 국물이랑 개운한 국물 중에 어떤 게 좋으세요?"

정신을 차리고 그렇게 물었다.

"음~ 그날그날 기분 따라 다르지만, 지금은 걸쭉한 게 좋으려나."

"기본 스타일이랑 어레인지한 스타일 중에서는요."

"역시 기본이지."

"국물 냄새는 신경 쓰는 편인가요."

"그런 건 없는데."

"면 취향은요. 굵은 면이나 가는 면 같은."

"아무거나 괜찮아."

"채소는 많은 게 좋은가요."

"채소는 건강에 좋지."

"그럼 마지막 질문. 오늘은 한 그릇만 드실 건가요?"

"치, 치사토 군한테 맡기겠습니다."

마지막에만 눈동자가 노골적으로 흔들렸으니까, 오늘은 여러 집에 가야겠다.

그리고 채소가 많이 들어가는 게 좋다면…….

"홋카이도 미소 라멘 가게는 어떠신가요?"

"응, 좋아."

라멘 골목에는 유명한 홋카이도 라멘 가게도 있는데, 지난번에 왔을 때 그 가게 미소 라멘도 먹어보고 싶었다.

식권 판매기 앞에서 지갑을 꺼내려고 하는 미츠키 씨를 말렸다.

"여긴 제가 살게요."

"아냐, 치사토 군이 사는 건 좀 그렇지."

"'첫 데이트'니까 멋져 보이게 해주세요."

정말 창피했다.

미츠키 씨는 잠깐 의아하다는 표정을 지었지만, 바로 웃어줬다.

"후후. 알았어. 고맙게 먹을게."

"뭘로 할까요."

"특제 미소 버터콘 라멘 킹크랩 토핑, 1만 엔짜리."

"……알았어요."

"호냐아아아! 잠깐만, 치사토 군. 지금 그건 누나가 농담한 거야, 정말로 돈 넣지 말고?!"

결국 평범한 미소 라멘과 추천 메뉴라는 시오 버터 콘 라멘 두 개를 주문했다. 이렇게 고른 건 미츠키 씨가 둘 다 먹고 싶다면서 결정하지 못했기 때문이다.

앞 접시를 달라고 해서 둘이서 나눠 먹었다.

한 입 먹어보고 감동했다.

"미소 라멘 맛있다! 역시 홋카이도!"

깊은 된장 맛에 채소의 감칠맛이 더해진 것 같은 국물이다. 버터가 녹으면서 더욱 풍부한 맛을 내주고 있다. 굵고 달걀이 들어간 면이 국물의 강한 맛을 잘 잡아줘서, 지금까지 먹어본 미소 라멘 중에서 최고의 한 그릇이었다.

"이 시오 라멘도 맛있어. 치사토 군도 먹어봐."

"고맙습니다. 미츠키 씨도 미소 라멘 드셔보세요."

"고마워."

미츠키 씨가 나눠준 시오 버터 콘 라멘도 먹어봤다.

"이것도 맛있다!"

홋카이도에 버터에 콘이면 맛이 없을 리가 없다고 생각은 했지만, 실제로 먹어보니 상상이상이었다.

지금까지 라멘이라면 도쿄의 쇼유나 돈코츠, 미소 같은 진한 맛만 생각했고, 시오 라멘이라는 자체를 우습게 여겼었다.

하지만 지금 먹은 시오 라멘은 그런 상식을 간단히 부숴버렸다.

살짝 탁한 하얀 국물은 고급스런 소금기가 담긴 훌륭한 육수였다.

국물만으로도 맛있는데, 면과의 상성이 정말 대단하다. 자세히 보니 면이 미소 라멘하고 비교해서 미묘하게 다르다. 같은 가게인데 미소랑 시오 라멘에 각각 맞는 면을 쓰는 건가.

버터와 콘의 상성이 좋다는 건 알고 있었지만, 역시 홋카이도라고 할까. 지금까지 먹었던 옥수수는 옥수수도 아니라는 생각이 들 정도로 달고, 싱싱하고, 그러면서 라멘의 소금기와 잘 어울렸다.

"미소 라멘도 맛있다"

미츠키 씨도 젓가락이 멈추질 않는다.

순식간에 라멘 두 그릇이, 국물까지 전부 우리 뱃속에 들어가 버렸다. 두 그릇 모두 옥수수 알갱이 하나도 남아 있지 않았다.

"잘 먹었습니다."

미츠키 씨가 잔에 찬물을 따라줬다.

"이 가게, 잘 골랐네."

"그러게요."

"그런데 말이야──." 미츠키 씨가 소리 죽여 말했다. "난, 치사토 군이랑 같이 먹어서 더 맛있었던 것 같아."

"뜨아으아아!"

너무 귀여워서 옆에 있는 벽에 머리를 몇 번 부딪쳤다.

"왜, 왜 그래 치사토 군. 캐릭터가 이상해진 것 같은데?!"

미츠키 씨가 걱정하면서 날 말렸다.

"괜찮아요. 지극히 괜찮아요. 올 그린이에요."

"치사토 군은 모범생이나 문학소년 같은 캐릭터인데, 어떻게 된 거야?"

"제가 그렇게 고지식한 캐릭터로 보였나요."

내가 생각해도 이상한 짓을 하고 있는 것 같기는 하다.

하지만 어젯밤부터 지금까지 보여준 미츠키 씨의 귀여운 모습은 대체 뭐지. 리미터 해제라는, 그런 건가?

단둘이 방에 있으면 폭주할 것 같아서 밖으로 나왔는데, 밖에서도 폭주하게 만들고 있다.

하지만, 뭐──.

"응?" 하고 미소 짓는 미츠키 씨.

주위에 안개꽃이 잔뜩 피어 있는 환상이 보일 것 같은 가련한 미소.

우리 반 여자애들은 비교도 안 되게 귀엽다.

젊다는 점에서 보면 현역 고등학교 1학년 여자애들이 이기는 건 당연한 일.

하지만 젊음=귀여움은 아니라고 본다.

귀여움이란 보는 사람이 사랑스럽다고 느끼는지 여부에 달렸다고 생각하니까.

나도 모르는 사이에 미츠키 씨한테 이런 말을 하고 있었다.

"미츠키 씨, 정말 귀여워요."

그 귀여운 사람이 내 눈앞에서 삶은 문어처럼 새빨개졌다.

"호냐아아아! 무, 무, 무슨, 치사토 군은 이런 데서 그런 소리를?!"

얼굴이 새빨개진 미츠키 씨가 날 투닥투닥 때렸다. 고양이가 때리는 것보다 힘이 없다. 오히려 맞을수록 마음이 따끈따끈해지면서 에너지가 회복될 정도로.

"그만 하세요~"

말은 그렇게 했지만 나도 모르게 웃음이 나왔다.

"으~ ……몰라."

미츠키 씨가 삐쳐서 고개를 홱 돌렸다. 이 삐치는 모습이 또 귀엽다니까.

학교에서는 수수한 여성 교사로서 무표정한 얼굴로 조용히 말하는, 어둡게도 보일 수 있는 사람과 같은 사람이라고 생각하니까 뭐랄까, 그 갭이 정말 참을 수가 없다니까.

"죄송해요, 미츠키 씨. 맞다, 디저트. 디저트도 드실래요?"

미츠키 씨가 도끼눈을 뜨고 날 쳐다봤다. 그리고는 바로 원래 표정으로 돌아왔다.

"아니."

"왜요."

"그야…… 밖에 있으면 누가 볼 것 같아서 너무 불안하고, 그리고."

"그리고?"

"밖에서는 내가 치사토 군한테 『귀여워』라는 말을 못 하니까 싫어."

"어윽……!"

연상 여성의 입에서 나온 「귀엽다」는 말의 위력──

또 벽에 머리를 강타하고 싶었지만 참았다.

결국 우리는 가까운 편의점에 들러서 식후 디저트를 사기로 했다.

"아까 라멘은 치사토 군이 사줬으니까, 디저트는 내가 살게. 아무거나 먹고 싶은 걸로 사."

나도 가끔 편의점에서 단 것들을 사기도 한다. 하지만 내가 사는 건 푸딩이나 아이스크림 정도고, 소위 말하는 편의점 스위츠는 거의 사본 적이 없다. 이유는 단순한데, 남자 고등학생한테는 너무 비싸기 때문이다.

그렇게 평소에 하던 대로 빅 탱글 푸딩을 집었더니, 미츠키 씨가 '기왕 온 김에 다른 것도 천천히 구경해봐'라고 했다.

그렇게 해서, 천천히 편의점 안을 구경했다.

이렇게 보니 편의점에서는 별 걸 다 파네.

잡지 코너와 음료, 빵, 삼각 김밥, 도시락 코너 쪽은 종종 이용하지만, 과자 코너를 자세히 본 적은 없었다. 흔한 과자부터 계절한정 과자까지 정말 많구나.

과자뿐만이 아니라 컵라면과 통조림, 즉석식품도 정말 많다. 어쩌면 슈퍼마켓보다 더 다양한지도 모르겠네.

먹을 것은 물론이고 문구류, 일용품들까지 있고, 자세히 보니속옷까지 있다. 갑작스러운 일에 대비하기 위한 검은 넥타이까지있는 데는 정말 놀랄 뿐이다. 건강 보조식품도 이렇게 많구나.

이렇게 이것저것 둘러보다가, 그중에 한 코너가 내 눈을 사로잡혔다.

작은 상자에, 0.01이라는 숫자가 적힌 그것이.

"이, 이건……!"

그거, 맞지. 어른들의 관계에 아주 중요한 고무로 만든 제품?

비슷한 상자들이 여러 종류 있다.

전부 똑같이 보이지만, 뭐가 다른 건지 궁금하기도 한데.

잠깐, 그나저나 편의점에서 이런 걸 대놓고 팔아도 되는 걸까.

"저기, 치사토 군. 이 케이크 곰 얼굴 모양이라 귀엽다."

귀여운 곰 얼굴 모양의 기간 한정 편의점 케이크를 손에 들고 있는 미츠키 씨가 천진난만한 얼굴로 다가왔다. 걸음을 옮길 때마다 미츠키 씨 가슴이 출렁거린다.

"아, 미츠키 씨——."

미츠키 씨가 내가 보고 있던 물건을 보고 말았다.

"치, 치사토 군, 그거——."

미츠키 씨 얼굴이 점점 어두워지고, 새빨개지고, 눈썹 끝이 축 처졌다. 울어버릴 것 같은 얼굴로 고개를 돌렸다.

"그게 아니고요, 미츠키 씨."

"…………."

미츠키 씨가 말없이 고개를 여러 번 끄덕였다.

"저기, 그래, 맞다, 디저트 사야죠, 디저트. 디저트를 찾아야죠. 하하하."

——대화가 이어지질 않는다. 어색하다

미츠키 씨는 고개를 숙이고 있다. 정말로 큰 충격을 받은 것 같네. 아까 그건 아직 한참 멀었다고, 나 자신을 꾸짖었다.

"아직은…… 안 되거든……?"

당장이라도 울음을 터트릴 것처럼 가녀린, 간신히 귀에 들리는 목소리로 미츠키 씨가 말했다.

"다, 당연하죠——."

왜냐하면 우리는 그거 이전에 키스는 물론이고, 아직 손도 잡아본 적이 없으니까.

"치사토 군, 아이스크림은 어때?"

아이스크림 코너에서 미츠키 씨가 다시 웃어줬다. 안심했다.

결국, 둘이서 아이스크림을 샀다. 80엔짜리가 아니라 200엔이 넘는 걸로. 미츠키 씨는 말차 맛이고, 나는 바닐라 맛.

"우와, 부르주아의 아이스크림이다."

"후후, 오늘은 큰맘 먹었어."

녹기 전에 집에 가려고 약간 서둘러서 편의점에서 나오려고 한 그 순간, 바로 몸을 돌렸다.

"아, 깜박했네."

깜짝 놀란 미츠키 씨의 등을 떠밀면서 다시 편의점 안으로 들어갔다.

"뭐야, 치사토 군?!"

"저기 보세요."

"응?" 눈이 나쁜 미츠키 씨가 미간에 주름을 지으면서 내가 가리킨 쪽을 봤다. "누가 있어?"

"규요."

내가 밖을 보면서 그렇게 말하자, 미츠키 씨가 수상해보이지 않을 정도로 규가 있는 쪽을 응시했다.

"우시쿠 양이? 정말로?"

사이드 테일 머리에 키가 작고 목에 DSLR 카메라를 걸고 있는 여자애가 그렇게 흔할 리가 없으니까. 그나저나 저 자식, 쉬는 날도 카메라 들고 다니는 거야. 아니, 쉬는 날이니까 오히려 평범한 일이려나. 뭐가 뭔지 모르겠다.

한 가지 확실한 건—— 지금 아무 생각 없이 밖으로 나가면 규랑 딱 마주치고, 저 카메라의 먹이가 된다는 것이다.

"미츠키 씨, 먼저 가세요."

만에 하나라도 밖에서 보이지 않도록, 잡지 코너에서 몸을 살짝 숙이고서 말했다.

"안 돼. 치사토 군을 놔두고 혼자서 가라니."

"만에 하나 저 녀석이 이쪽으로 오면 도망칠 길이 없어요."

"혼자서는 싫어. 치사토 군도 같이 도망치는 게 어때?"

"미츠키 씨라면 할 수 있어요."

무슨 헐리우드 영화의 클라이맥스 같은 상태다.

"그치만, 아이스크림이 녹을 텐데."

정정. 아주 소시민적인 상태였다.

"……부르주아의 아이스크림이 녹아버리는 건 아깝긴 하네요."

우리는 강행돌파를 시도하기로 했다.

편의점 자동문이 열리자마자 재빨리 도망쳤다.

규는 눈치채지 못했을 것이다.

가로수에서 가로수로, 허리를 숙이고 재빨리 그 자리를 벗어났다.

일부러 골목길을 이리저리 돌면서 뒤쪽을 확인했다.

"헉, 헉, 뒤에, 아무도, 없어요."

"그래. 어떻게 안 들키고 넘어갔나 보네."

우리 둘은 얼굴을 마주 보고 웃었다.

"무슨 드라마나 영화 같아서 재미있었어."

"그러게요."

아무래도 미츠키 씨도 나랑 같은 생각을 한 것 같다.

문득, 미츠키 씨가 걱정하는 표정을 지었다.

"괜찮아? 갑자기 뛰어서 힘들어?"

"아니, 그건 아니지만. 언젠가, 둘이서 당당하게 시내를 돌아다니고 싶어요."

"……그러게."

"그리고 그때는 규한테 사진을 잔뜩 찍어달라고 할 거예요. 『이 사람이 내 제일 소중한 사람이다. 예쁘게 잘 찍어줘』라고."

"호냐아아아아!" 미츠키 씨가 큰소리를 질렀다. "또 그렇게 멋있는 소리 하네! 치사토 군은 내 민감하고 약한 부분을 전부 알고 있는 거야?!"

"이, 이상한 발언은 자제해주세요."

간신히 아이스크림이 녹기 전에 집에 도착했다.

집에 돌아와서, 아이스크림은 일단 냉동실에 넣어두고 샤워를 하기로 했다.

……

…………

………………

""샤워?!""

밤중에, 아파트 건물에 우리 목소리가 메아리쳤다.

미츠키 씨가 얼굴이 새빨개지고 눈이 휘둥그레졌다. 아마 나도 똑같은 얼굴로 미츠키 씨를 보고 있겠지.

"……이 근처에 목욕탕이 있었던가?"

"……없는데요."

"……그치~"

목욕탕이 있으면 내가 그쪽으로 가면 되는데 말이야.

하루의 피로를 풀기 위해서 목욕이나 샤워를 하는 건 지극히 당연한 일이다. 이상한 일이 아니라.

하지만 실제로 그 시간이 찾아왔을 때의 구체적 대응 및 정신적 여유는 전혀 고려하지 않았다.

"치, 치사토 군, 먼저 해."

"미츠키 씨야말로, 먼저 하세요."

…….

………….

……………….

""아하하하하──.""

둘이서 머리를 긁어봤자.

긁어봤자 해결은 안 되지만.

"치사토 군, 먼저 샤워하지 그래?"

"아뇨, 저는 나중에 해도 되니까 미츠키 씨가 먼저 하세요."

끝이 없다.

결국 전통적인 방법인 가위바위보를 했고, 미츠키 씨가 먼저 씻기로 했다.

"그, 그럼 먼저 씻을게."

"아, 예, 천천히 하세요……."

쑥스럽게 웃은 미츠키 씨가 갈아입을 옷을 가지러 방으로 돌아 갔다.

조금 지나서 나온 미츠키 씨가 장난스레 웃었다.

"엿보면 안 돼?"

"무, 무슨 소리를 하시는 거예요."

일단 욕실로 가려다가 다시 돌아와서 이렇게 추가했다.

"도저히 못 참겠으면 봐도 되거든?"

엄청난 폭탄을 떨어트리고, 미츠키 씨가 욕실로 사라졌다.

나는 내 방으로 가서 방석에 얼굴을 묻고 발버둥 쳤다.

"으아아아아! 너무 귀엽잖아아아아아! 미츠키 씨가 너무 좋아서 죽겠어어어!"

살짝 째려보면서 「엿보면 안 돼?」라니, 너무 귀엽잖아?!

오히려 엿봐달라고 하는 것 같은 매력이잖아!

플래그인가?! 이거 플래그인가?!

갑자기 내가 이상한 짓을 하고 있다는 걸 깨닫고, 얌전히 방석 위에 무릎을 꿇고 앉았다.

하지만 나도 모르게 얼굴이 풀어졌다.

그때, 희미하게 샤워기 물소리가 들려왔다.

──나도 모르게 숨을 죽였다.

조용해지니까 굳이 그러려고 생각하지 않아도, 그야말로 털끝만큼도 생각하지 않았는데── 희미한 소리가 들려오게 된다.

"랄랄라~♪"

샤워 소리와, 미츠키 씨의 노랫소리가 작게 들려온다.

실오라기 하나 걸치지 않은 미츠키 씨가 콧노래를 흥얼거리며 샤워를 하고 있다……!

상상해선 안 된다고 생각하면서도, 미츠키 씨의 백옥 같은 살결을 상상하고 말았다.

……

…………

………………

신체 일부가 갑자기 벌떡 일어섰다.

또 코피가 나올 것 같다.

"번뇌야 사라져라……."

일어서서 형광등 끈을 상대로 복싱을 시작했다. 이 형광등 끈은 이럴 때마다 험한 꼴을 당하고 있네.

오늘은 평소보다 더 격렬하게 공격했다.

그러는 사이에 샤워의 습기가 이쪽 방까지 흘러들어왔다.

지금 막, 미츠키 씨가 우리 집에서 샤워를 하고 있다는 생생한 실감—!

사타구니의 텐트가 엄청나게 높이 쳐졌다.

섀도우 복싱 가지고는 부족해. 근력 운동을 시작했다.

팔이 퉁퉁 붓고 복근이 당길 지경까지 됐을 때, 미츠키 씨 목소리가 들려왔다.

"다 했어~."

"헉, 헉. 예, 알겠습……?!"

눈앞에 나타난 미츠키 씨의 모습을 보고, 숨이 멎었다.

덜 마른 촉촉한 머리카락이 매끄럽게 빛나면서 미츠키 씨의 얼굴이 아름답게 보이도록 꾸며주고 있다. 안경은 손에 들고 있는, 즉 초절미인 모드다. 샤워하면서 화장도 지웠는데 눈썹은 아름답고, 긴 속눈썹을 두르고 있는 눈동자는 보석처럼 빛나고 있다.

샤워 때문에 촉촉해진 볼의 피부는 정말 곱고 옅은 분홍색으로 상기돼 있다. 하루의 파로를 깔끔하게 씻어낸 덕분에 표정도 개운해 보여서, 청량하다는 느낌까지 들어다.

문제는 그 얼굴 아래쪽. 즉, 신체 쪽이다.

미츠키 씨의 아름다운 목에서 쇄골을 거쳐 가슴팍까지 이르는, 소위 말하는 데콜테가 드러나 있다.

그럴 만도 하지. 미츠키 씨가 목욕 수건을 몸에 감은 차림으로 나왔기 때문이다.

미츠키 씨는 안경을 들고 있는 오른손으로 가슴팍을 누르고 있다.

근력 운동을 하고 있던 내가 미츠키 씨보다 아래쪽에 있다.

솔직하게 말하자면, 아무리 목욕 수건으로 가리고 있어도, 방석 위에 앉아 있는 내 바로 정면에 미츠키 씨의 아랫배 부분이 있다.

미츠키 씨가 왼손으로 수건 아랫자락을 눌렀다.

"너무 빤히 보는 거 아냐? 치사토 군 엉큼해."

저 수건 안쪽에는 속옷 하나뿐.

수건 아래쪽으로 뻗어 있는 허벅지까지, 샤워한 탓인지 촉촉하게 젖어 있는 것처럼 보인다.

숨은 물론이고 심장까지 멎어버릴 것 같다.

"아니, 그게, 그런 건 아니고——."

당황해서 일어났다. 하지만, 거기에도 미츠키 씨가 함정을 깔아 놨다.

수건이 떨어지지 않도록 꽉 묶은 탓에 가슴이 한껏 모여서 엄청난 상황이 벌어져 있다. 일어났더니 키 차이 때문에 가슴 쪽에 시선이 집중되고 말았다.

거기서 눈을 돌려봤자 누가 봐도 여성스러운 라인으로 하얗게 빛나고 있는 것 같은 어깨가 기다리고 있다.

어른 여성의 어깨 라인은 이렇게나 요염하구나.

거기서 문득, 중대한 사실을 깨달았다.

목욕 수건만 감았다는 건, 브래지어도 안 했다는, 그런 걸까.

한마디로 저 수건 밑에는 바로 미츠키 씨의 포근한 가슴(추정)이 있다는 뜻.

완전히 혼란 상태에 빠져서 나도 모르게 엉덩방아를 찧었다.

"앗. 치사토 군, 괜찮아?"

미츠키 씨가 무릎을 꿇고 요염한 미소를 지으면서 그대로 슬금슬금 다가왔다.

"저, 저기, 미츠키 씨⋯⋯!!"

이대로 정면에서 대치하면 이성이 패배할 자신이 있다.

등을 돌리고 도망치려고 했지만 그게 문제였다.

바로 미츠키 씨한테 붙잡힌 것이다.

미츠키 씨가 내 등에 달라붙어서 귓가에 대고 속삭였다.

"저기, 치사토 군~ 내 알몸, 상상했어?"

"무, 무슨 소릴 하시는 거예요."

근력 운동의 땀과 또 다른 땀이 흘렀다.

지금까지도 미츠키 씨가 내 방에서 저녁을 먹을 때는 샤워하고 나서 왔었다. 면역이 없는 건 아니다.

하지만 이건 정말 엄청나다.

지금까지의 미츠키 씨는 아직 진심 모드가 아니었다── 그런 주석을 달아주고 싶을 정도였다.

샤워의 더운 김과 샴푸 향기와 미츠키 씨의 체온이 뒤섞여서 내 등에 다가왔다. 미츠키 씨 머리카락에서 샤워의 흔적인 물방울이

뚝, 떨어졌다.

"우후후. 치사토 군, 귀엽다."

입속이 바짝 말랐다. 머릿속이 새하얘졌다.

이젠 한계다──!

"미, 미츠키 씨!"

몸을 돌리고 나도 모르게 그 어깨를 붙잡── 지 않고, 탁자에
박치기를 했다.

"치사토 군?!"

"아야야야……. 미츠키 씨! 이건 너무 심해요!"

내가 간신히 멈춘 이유.

그것은 고개를 돌린 순간, 미츠키 씨 눈에 눈물이 고여 있었기
때문이다.

미츠키 씨도 무릎을 꿇고.

"그치만, 아까 편의점에서 치사토 군…… 그걸 빤히 보고 있어
서, 조금 열심히 해봤는데."

이럴 수가. 미츠키 씨가 이렇게 폭주한 이유가 나 때문이었다니.

"저기, 미츠키 씨, 저도 남자니까, 진짜로 위험할 때는 위험하
니까, 너무 심하면, 진짜로 큰일 날 수도 있으니까요!"

"반성할게요……."

정말이지, 이 사람은── 귀엽고 사랑스럽다.

그 뒤에 샤워하러 간 나는, 욕실에 가득 차 있는 미츠키 씨의 너무 진한 향기가 온몸을 감싼 탓에 그 자리에서 쓰러질 뻔했다.

제4장 두 사람의 관계를 비밀로 해야만 하나요?

나, 미쿠리야 미츠키는 성실한 교사다.

교사 일은 바쁘다. 수업이 끝나고 학생들이 집에 간 뒤에도 할 일이 많다.

오늘은 토요일. 수업은 오전 중에 다 끝났다.

조금이라도 빨리 집에 가서 치사토 군과 지내는 시간을 더 늘리기 위해서, 지구과학 준비실에서 열심히 월요일 수업 준비를 하고 있다.

"랄랄라~ 랄랄랄랄랄랄라~~ ♪"

"에잇."

"호냐아아아아아?! 무, 무슨 짓이야, 마미! 안 돼, 하지 마아아아!"

갑자기 미술 교사이자 내 친구인 마미가 내 옆구리를 간질였다.

"여기냐, 여기가 좋은 게냐?!"

"안 돼에에에에!"

엄청 버둥대느라 발생한 격한 체력 소모. 마미의 테크닉에 숨을 헐떡거리게 됐을 때쯤 겨우 벗어났다.

"훗훗훗. 여전히 민감한 몸이로구나."

"아으…… 잠깐, 여긴 지구과학 준비실이라고요! 왜 마음대로 들어온 거죠?!"

"오~ 고지식하게 존댓말로 떠들다니."

"지금은 '선생님'이니까 당연하죠!"

"미술실은 별관 꼭대기 층이라 심심하단 말이야. 수업 없을 때는 놀러 와도 되잖아."

물감 때문에 옷이 더러워지지 않도록 앞치마를 입은 마미가 미안해하는 기색도 없이 웃고 있다. 앞치마 속에는 원색을 잘 살리면서도 실루엣은 투박한 복장. 한눈에 봐도 예술계의 화려함이 넘쳐나고 있다. 난 도저히 흉내 낼 수 없다. 이런 사람이 애를 둘이나 낳은 엄마라니, 사기라니까.

"일하세요."

안경을 척, 하고 고쳐 쓰고 평소의 나로 돌아왔다.

"그런데 지금 뭐 하고 있어?"

"화산암과 심성암의 차이에 대한 실험 준비입니다."

"화산암? 심성암? 그게 뭔데, 맛있어?"

"마미, 고등학교 때 공부 안 했나요?"

"나 문과였거든~"

"……전부 마그마가 식으면서 생성되는 암석입니다. 마그마가 빠르게 식으면 반상조직이라는 형태가 되면서 화산암으로, 천천히 식으면 등립상조직이라는 형태가 되면서 심성암이 됩니다. 그 결정이 생기는 방법 차이에 대한 실험이에요."

"그렇구나. 단숨에 폭발해서 현자 모드가 되는 남자의 성욕 같은 게 화산암이라는 거고, 천천히 스멀스멀 여운을 즐기는 게 심성암이라는 뜻이지?"

"이상한 비유 하지 마세요!"

우리 학생이었다면 틀림없이 5점 만점에 「1」점을 줬을 거야.

"그런데 말이야, 그거 진짜 마그마를 만들어서 실험하는 거야?"

"그럴 리가요. 마그마 대신에 결정이 생성되는 물질을 녹여서 만들어요."

"뭐야~ 진짜 마그마를 쓰면 한번 보고 싶었는데."

"몇 가지 실험용으로 쓸 수 있는 물질이 있는데, 이번에는 간단하지만, 겉보기에 화려해야 하니까, 어항에 넣을 수돗물의 소독약을 제거하는 중화제를 사용해요."

그렇게 말하고 중화제 봉투를 집어서 보여줬다. 마치 얼음사탕 같은 결정이 잔뜩 들어 있다. 마미가 "오~" 하고 감탄했다. 후훗. 나도 훌륭한 선생님이라고요.

마미가 물었다.

"그런데, 지금 그 남자하고는 어디까지 갔어?"

"호냐아아아아?!"

나도 모르게 중화제 봉투를 집어던졌다. 직사각형 알갱이들이 주위에 뿌려졌다.

"무슨 짓이야! 미츠키!"

"그건 제가 할 말이에요! 대체 무슨 소릴 하는 건가요! 이게 청산가리나 황산이었다면 엄청난 일이 벌어졌을 거라고요?!"

"아니, 내가 이상한 질문을 하기는 했는데, 실제로 약품을 뿌린 건 미츠키 너잖아."

"아으으으~……."

입을 꾹 다물고 마미를 노려봤다. 일단 잘못했다고 생각했는지, 마미도 같이 중화제를 주워줬다.

　대충 정리가 됐을 때 인스턴트커피를 두 잔 탔다.

　"고마워." 잔을 받은 마미가 입을 댔다가 바로 뜨겁다고 하면서 다시 뗐다.

　"마미, 너 뜨거운 것 못 마시니까 조심해."

　"고마워. 상냥하고 가슴 큰 미츠키 선생님."

　"또 그런 소리 한다……!"

　"그래서, 어때, 그이는? 화산암? 심성암?"

　"화산암과 심성암을 이상한 문맥에서 사용하지 마세요! 그 커피, 전자레인지로 더 뜨겁게 가열해줄까요?"

　"하지 마! 그거, 돌비인가 하는 현상이 일어나서 엄청나게 뜨거워진다는 그거잖아?! 가정주부들은 다 아는 얘기거든?!"

　"그렇게 되고 싶지 않다면 학교에서 이상한 소리 하지 마세요."

　"그 이상한 소리라는 게, 『그이하고 어디까지 갔어?』 말이야?"

　"전자레인지──."

　"농담이에요! 미츠키 님, 죄송해요!"

　마미가 앉아 있던 의자에서 내려와서는 엎드려 빌었다.

　"정말이지……. 그런 짓은 범죄라고요! 자, 의자에 앉아요."

　"헤헤헤. 일단 자각은 하고 있는 것 같지만, 미츠키 네 머릿속에는 그이 생각뿐이지."

　정곡을 찔리자 단숨에 귀까지 확 뜨거워졌다.

　"그그그, 그런 거 아니거든요? 저는 성실한 지구과학 선생님이거든요?"

흐응~ 하고, 마미가 의심하는 눈으로 날 쳐다봤다. 겨드랑이에 기분 나쁜 땀이 뱄다.

"그~래~? 이런 콧노래까지 부르던데에에~?"

마미가 자기 스마트폰을 꺼내서 녹음한 음성을 재생했다.

『랄랄라~ 랄랄랄랄랄랄라~~ ♪』

"호냐아아아아아!"

내 콧노래 소리! 창피해! 너무 창피해!

당황해서 스마트폰을 빼앗으려고 했지만, 마미가 가볍게 피했다.

"이거, 무슨 곡이야?"

내 콧노래가 계속 반복 재생된다……. 차라리 죽여줘…….

"드, 드래ㅇ퀘스트Ⅴ 결혼 이벤트에서 나오는 왈츠……."

"머릿속에 그이 생각밖에 없구나?"

"예──."

자백했더니 노래를 꺼줬다. 하지만 이미 내 스테이터스 표시는 오렌지색인 빈사상태. 지금이라면 슬라임한테도 여유 있게 질 것 같다…….

크게 한숨을 쉬고, 마미가 턱을 괴고 다리를 꼬고 앉았다.

"저기, 미츠키. 이 콧노래 소리, 복도까지 다 들렸거든?"

"호냐아아아아아?!"

난 죽고 말았다!

"뭐, 방과 후에 지구과학실 같은 데 올 사람은 없으니까, 들을 사람도 없겠지? 그래서 미츠키도 방심했을 것 같은데?"

"예…… 다시는 안 하겠습니다……."

고개를 숙이면서 마음속으로 굳게 맹세했다.

"말은 그렇게 해놓고, 금방 잊어버리는 거 아냐?"

"이제 괜찮아요! 안 해요!"

"……무슨 중독자 같은 소릴 하네."

완전히 질려버렸다.

"그치만, 치사…… 그이가 너무 귀여운 게 문제란 말이야."

"그래, 그거. 남 탓하지 마. 오히려 네가 정신 바짝 차려야 하는 거 아니겠어?"

"지당하신 말씀입니다……."

"같이 살아서 즐거운 건 저도 이해합니다."

"예……."

마미한테는 이런저런 사정 때문에 현재 룸 셰어 중이라는 사실에 대해서도 말했다. 지금까지 계속 상담을 들어줬는데 이제 와서 숨기는 것도 좀 그렇다 싶어서. 사실 칫솔이 열렬한 키스를 한 사건이라든지 첫 샤워 사건이라든지 창피한 얘기들은 안 했지만.

참고로 룸 셰어 얘기했을 때 일단 마미가 살짝 어지러워했지만, 최종적으로는 날 응원해줬다.

"그런데 말이야, 같이 살면서 신선함이 사라져 가면 말이지, 사소한 일들이 눈에 들어와서 짜증이 팍팍 나거든. 후후후."

"마, 마미……?"

"그렇게 사소한 일들을 참다 참다 언젠가 싸우게 되는데, 그 뒤에 화해하기 위해서 하는 밤일은 엄청나게 격렬하거든♪"

"너무 리얼한 어른들 얘기는 하지 말고?!"

"반은 농담이야."

"반만?! 나머지 반은?!"

엄청난 폭로 이야기가 계속되나 싶었는데 그건 아니었다. 단, 어떤 의미에서는 마미의 가족계획 폭로보다 더 절실한 내용이었다.

"그 사람이 젊으니까, 상당한 욕구불만이 아닐까?"

"나, 남자애들은…… 역시 화산암?"

"네가 그런 데서 화산암 얘기를 쓰면 어떻게 해."

"아우으으~……."

하지만, 분명히 얼마 전에 첫 샤워 사건 때라든지, 가끔씩 치사토 군의 바지가 좀 부풀어 올라 있기는 했었지…….

그건 역시, 내 몸을 보고── 겠지…….

"그 나이 때는 머릿속에 여자 생각밖에 없다고."

"하, 하긴, 매일 같이 『여친 생겼으면』하고 떠들어대는 남자애는 있어요……."

호시노 군이 「여친 생겼으면~」 하고 외치는 소리가 복도까지 들릴 때가 있다. 찰리 신이랑 닮은, 치사토 군 친구다.

"그치? 야한 것에 대한 관심만으로도 힘든 시기에, 눈앞에 이렇게 거대한 게 있잖아?"

그리고는 마미가 내 양쪽 가슴을 꽉 움켜쥐었다.

"호냐아아아아! 뭐뭐뭐, 뭐 하는 건가요?! 성희롱이에요! 성희롱이라고요!"

중요한 일이라서 두 번 말했습니다!

"매일같이 이렇게 흉악한 젖을 보여주고 있는 미츠키 너야말로 엄청난 성희롱이야."

"이, 이상한 소리 하지 마세요. 그리고 그 손 치우세요."

마미가 아쉽다는 듯이 두 손을 조물조물 움직이고 있다. 그만해.

"내가 남자애였으면 절대로 못 참았어."

"뭘 말인가요."

두 손으로 내 가슴을 감싸면서 묻자, 마미가 씩 웃었다.

"미츠키를 자빠트렸을 거야."

"히익!"

마미가 날 내려다보면서 수상한 미소를 지었다.

"단둘이거든, 미츠키?"

"자, 잠깐만! 마미는 『취미는 출산, 특기는 안산』이잖아? 날 덮쳐봤자 둘 다 살릴 수 없거든."

도망치려고 했지만 의자에 앉아 있다 보니 한계가 있다. 그런 나한테 마미가 다가왔다.

"이쪽은 취미가 아니라 본업이라고 한다면……?"

"히익!" 무섭다! 미쿠리야 미츠키, 동성 친구를 상대로 상상도 못했던 정조의 위기입니다!

"괜찮아. 금방 좋아질 테니까."

"싫어……. 무서워. 도와줘── 도와줘, 치사토 군!!"

눈을 꼭 감고 몸에 힘을 줬다. ……어라? 아무 밀도 없네.

쭈뼛쭈뼛 눈을 떠보니 마미가 다시 의자에 앉아서 뻔뻔하게 커피를 마시고 있었다.

"인스턴트커피는 특유의 맛이 있다니까."

"마, 마미……?"

"당연히 농담이지. 나한텐 남편이 있잖아. 그나저나 미츠키 너, 걔 이름 외쳤지."

"윽……."

창피해서 얼굴이 불이 날 정도로 뜨겁다…….

"그럼, 만약에 그이가 덮치면, 누구한테 도와달라고 할 거야?"

"그러니까…… 돌아가셨지만 『엄마』?"

아주 진지하게 대답했는데, 마미가 피식 웃었다.

"아하하하. 그거 최고다! 남자가 완전히 김이 샐 거야."

"너무해!"

하늘나라에 계신 어머니한테 도움을 청하고 싶어졌습니다.

하지만 마미는 얼굴에서 웃음을 거두고 진지하게 말했다.

"그이는 짐승이 되지 않으려고 열심히 노력하고 있어. 그러니까 미츠키 너도 덮치면 안 된다?"

"그그그, 그런 짓 안 합니다!"

"정말이려나~?"

마미가 내 얼굴을 들여다봤다.

"…………."

아주 조금, 조금 전에 떨어트린 중화제 한 개 만큼. 아니, 인스턴트커피 한 알 만큼 음흉한 생각이 들지 않는 것도 아니지만…….

"미츠키 넌 믿고 있으니까. 그보다 그이가 열심히 이성을 유지하고 있으니까, 의식적이건 무의식적이건 유혹하면 안 된다?"

"유, 유혹 같은 건 안 해요."

안경을 벗으면 누나 모드가 되는 건 말하지 말자.

"그래도~ 이 젖이 말이야."

"그건 이미 알고 있어요!"

두 손을 조물조물하는 마미한테서, 몸을 틀어서 가슴을 방어했다.

마미가 진지한 얼굴로 충고했다.

"알았어? 그이가 너한테 손대지 않는 건, 그만큼 소중하게 여기기 때문이야."

"소중히, 여긴다──."

너무 기뻐!

"거기! 귀까지 빨개져서 부끄러워할 상황이 아니니까."

"예……."

혼나고 말았다…….

"그이의 애정에 응하기 위해서라도, 미츠키는 연상에다 어른이니까 그이를 덮치지 말고, 덮치지 못하게 하도록 노력해야 한다?"

친구의 말이 가슴 속에 생각보다 깊이 박혔다.

◇ ◆ ◇ ◆ ◇ ◆ ◇ ◆

좋아하는 사람과 같이 지내면 이렇게나 마음이 놓이는 걸까──.

미츠키 씨한테 프러포즈를 받고, 게다가 옆집이고, 매일 같이 밥을 먹고. 그것만으로도 즐거웠는데, 지금은 같이 살고 있잖아?

정말 최고다.

분명히 샤워하고 나온 미츠키 씨의 향기라든지 파괴력은 장난이 아니다.

별 것 아닌 운동복인데, 커다란 가슴이 흔들린다는 게 보이기라도 하면, 바로 일어나서 형광등 끈을 상대로 복싱을 시작하고 싶어진다.

역시 여성들 가슴은 무거운지, 미츠키 씨가 방심하면 종종 탁자 위에 가슴을 올려놓는다.

옷을 입었어도 은근히 그 모양이 다 드러난단 말이야.

그러다 보니까, 자꾸만, 보게 되거든.

조금 지나면 내 시선을 느꼈는지, 정신이 번쩍 들어서 탁자 위에 올려놓은 가슴을 치운다.

그런데 '그런데~'라든지 '저기~' 하면서 이야기에 정신이 팔리면 또 탁자 위에 가슴을 올려놓는다. 아무래도 무의식적인 행동인 것 같다.

또 조금 있으면 미츠키 씨가 은근슬쩍 가슴을 치운다.

그러다가 또 이야기가 무르익으면 가슴을 탁자 위에 통, 하고 올라온다. 안녕하세요.

미츠키 씨가 알아차리면 또 가슴을 치운다. 안녕히 가세요.

이 루프—— 또 섀도복싱을 하고 싶어진다.

그런 일까지 전부 다 해서, 미츠키 씨와 같이 사는 것의 가치가, 나한테는 너무나 컸다.

점심시간에 남자친구들과 밥을 먹다가 호시노한테서 이런저런 얘기를 듣는 경우가 많아졌다.

그날은 토요일이라서 점심시간은 없었지만, 야구부 연습하러 하기 전에 도시락을 먹는 호시노랑 마츠시로와 함께 아침에 편의점에서 사온 삼각 김밥을 먹고 있었다.

"후지모토 너 요새 뭔가 좀 달라졌다?"

"달라지긴 뭐가."

"뭐랄까, 여유? 같은 게 느껴지는데 말이야."

"아~ 뭔지 알 것 같다. 공부도 잘되는 거 같고 말이야."

마츠시로도 적당히 맞장구를 쳤다.

"아무 일도 없거든."

남자로서의 자신감이 매일매일 커지는 느낌?

"좋겠다. 그런 어른의 여유 같은 게 있으면 여자들한테도 인기 있을 것 같은데. 대체 무슨 노력을 하는 거야."

"인기도 없고 노력도 안 하거든."

마치 여자한테 인기 있고 싶어서 여유 부리는 것 같잖아.

사실은 반대지만.

여자 친구를 만들고 싶어서 여유를 부리는 게 아니라, 여자 친구가 생겨서 마음에 여유가 생긴 것이다.

훗, 너희는 이런 영역에 대해서는 모르겠지—— 같은 소리를 했다간 유혈사태가 벌어질 테니까 조용히 있자.

그나저나 이 자식은 목소리가 너무 크다니까.

지금 매점에서 사 온 빵을 교실 구석에서 먹고 있다.

즉, 이 녀석의 목소리를 듣고 있는 사람들이 우리 말고도 있다는 뜻이다.

뭐, 여자들이 이 녀석을 안 좋게 보니까 그나마 다행이다. 하지만, 혹시라도, 미츠키 씨가 교실에 들어오기라도 하면…….

"근데 호시노, 혹시 그 반대 아닐까? 여자 친구가 생기면 여유도 생기는 게 아니려나?"

"푸읍!"

밀크 티를 세차게 뿜고 말았다. 마츠시로, 예리한데.

"아깝게 왜 뿜고 난리야."

"아, 더러워."

호시노와 마츠시로가 하는 말이 대조적이다.

"근데 말이야, 역시 진짜로 그런 거냐?"

"그럴 리가 있냐."

내 여자 친구는 정말 귀엽다고 말해버리고 싶다.

하지만, 말할 수 없다.

답답하지만 마음속에서 실실 웃을 뿐이고.

거의 기본 패턴이 돼가고 있는 이야기를 하면서 점심식사 시간을 보냈다.

점심 식사가 끝나고 호시노와 마츠시로는 동아리 활동을 하러 갔다.

혼자 남았는데, 누군가가 내 등을 쿡쿡 찔렀다. 학교 안에서 나한테 이런 짓을 할 사람은 한사람뿐이지.

"규구나."

"어떻게 아셨습까. 후지모토 군은 뒤통수에도 눈이 달린 겁까."

"아니거든~."

또 한 사람이 있다면 미츠키 씨지만, 미츠키 씨였다면 어깨 쪽을 살짝 찔렀겠지. 키 차이도 있고 하니까.

규는 오늘도 힘이 넘치는 사이드 테일. 목에는 DSLR 카메라, 손에는 메모장, 입에는 덧니를 드러내고서 이히히, 하고 웃고 있다.

"오늘도 불초 신문부 우시쿠가 후지모토 군에게 돌격 취재를 하러 왔습니다!"

"거의 매일 돌격하고 있잖아."

"어쩔 수 없습다. 매스컴은 진실에 도달할 때까지 쉴 수 없습다."

"그 진실은 네가 알고 싶은 진실이잖아? 하지만 난 네가 모르는 얘기는 모르거든."

이것도 매일 하는 소리다.

"훗훗훗. 그런 소리를 해도 되겠습까? 오늘은 정말 싱싱한 소재를 준비했거든요?"

"보나마나 또 떠보는 얘기지? 평소처럼 되레 질문 받고 눈물 글썽이기 전에 그냥 가라고."

"아, 아닙다! 오늘 건 정말임다! 그리고 항상 눈물 글썽이지 않았습다!"

사이드 테일이 뿅뿅 흔들리면서 항의했다.

"그래, 그거 재미있는데. 그럼 대체 무슨 기사거리인지 들어볼까."

그랬더니 규가 작은 몸과 가슴을 쭉 펴고 말했다.

"훗훗훗. 실은…… 후지모토 군이 사는 곳을 알아냈습니다."

"………………."

"어떻습까?! 제 취재력에 너무 놀라서 말도 안 나오는 것임까?!"

뿌듯한 얼굴의 규한테 말해줬다.

"너, 전에 우리 집 근처까지 온 적 있었지만 내가 딴 얘기 하니까 완전히 모르게 돼버렸었잖아?!"

"전에 후지모토 군의 고도의 정보전에 완전히 넘어가서 자신을 잃은 적이 있지만, 드디어 확신했습니다."

"뭐, 슬슬 눈치챌 때가 됐다 싶기는 했어."

"뭐…… 기껏 지금까지 비밀로 했다가 폭로했는데, 눈치챘다는 검까?!"

"훗…… 네 행동은 뻔히 들여다보고 있다고."

조금만 같이 놀아주기로 했다.

"이, 이 몸의 은밀 행동을 간파하다니, 역시 후지모토 군은 보통이 아니군요."

"규 너, 계속 우리 집을 감시하고 있었지?"

"좋은 기삿거리를 위해서임다!"

"기삿거리라고 하면 듣기는 좋지만, 규 너 말이야, 어디까지나 고등학교 신문부잖아. 한마디로 진짜 매스컴은 아니고?"

"……윽."

약점을 찌르자 규가 주춤했다.

그런 상황에서 계속 몰아붙였다.

"그거 말이야, 그냥 스토커 아냐?"

"스, 스토커……."

기회는 이때라고, 연기하는 투로, 계속해서 말했다.

"정말 곤란하다니까. 매일 아침 규가 전봇대 뒤에 숨어있어서 말이야. 내가 꽤 섬세해서 말이야, 정신적으로도 피해를 입고 있거든. 슬슬 경찰에 연락할까도 싶어."

"겨겨겨, 경찰—?!"

규의 안색이 돌변했다.

너무 괴롭혔나 하고 양심의 가책이 느껴지기도 했지만, 정말로 매일 아침 감시하는 게 장난이 아니다. 언제 나와도 있을 정도니까.

그 노력 때문에 미츠키 씨도 골머리를 썩고 있다.

너무 괴롭혔나 하는 양심의 가책이 들기도 했지만, 미츠키 씨는 담임으로서, 매일 아침 엄청나게 일찍 집에서 나오는 걸로 보이는 규의 건강과 가정환경을 걱정했다. 너무나 귀찮은 스토커 같은 짓을 하고 있는데, 정말 착하다니까. 내 여자 친구는 정말 최고야.

"나도 호시노한테 들었는데 말이야. 규네 집은 부잣집이고, 규

181

너는 부잣집 아가씨라면서? 학교 신문부 일을 너무 열심히 하다가 스토커로 경찰 신세를 지기라도 하면 부모님이 어떻게 생각하시려나……."

"아으……."

규가 부들부들 떨고 있다.

"나도 그러고 싶진 않지만 말이야, 공부가 손에 안 잡힐 정도로 곤란한 상황이거든."

"아으으으~……"

완전히 눈물을 글썽이는 규. 효과가 너무 컸나?

"뭐, 규 네가 이쯤에서 그만두면 나도 일을 크게 만들고 싶지는──."

갑자기, 규가 반전 공세에 나섰다.

"후지모토 군네 아파트, 지금 옆집이 비어 있는 것 같습디다만?!"

"응? 어떻게 그걸 알아?"

설마 옆집에 미츠키 씨가 살았다는 걸 들켰나─?

"저희 아버지가 부동산을 하심다. 사실 후지모토 군이 살고 있는 아파트는, 저희 아버지가 관리하는 건물 중에 하나임다!"

충격적인 사실, 발각!

이거, 만루 역전 홈런을 맞은 것 같은데?!

"저기~ 그런데 옆집에 누가 살고 있었는지는……?"

"모름다!"

딱 잘라서 말하니까 되레 김이 샜다.

"그렇구나……."

"당연합니다! 모르는 사람 집에 대해 이래저래 알아보는 건 범죄입니다!"

자랑스런 얼굴로 납작한 가슴을 활짝 펴는 규. 나도 모르게 기뻐져서 머리를 마구 쓰다듬어줬다.

"장하다, 규! 그 어설픈 마무리가 정말 너답네!"

"무무무, 무슨 짓임까! 어지럽슴다! 게다가 지금 은근슬쩍 바보 취급 한 것 아님까!"

"아니라니까."

힘껏 쓰다듬어주던 손을 멈췄다.

하지만 규의 공격은 아직 끝나지 않았다.

"하던 얘기로 돌아가겠슴다. 그래서 후지모토 군네 옆집이 빈 것 같으니, 제가 그리로 이사할검다."

"뭐?"

"그러면 스토커가 아니게 됨다!"

"잠깐, 잠깐, 잠깐만!"

최악이잖아.

하지만 규는 좋은 생각이 났다는 것처럼 의기양양한 얼굴이었다.

"저는 천재임다! 이렇게 되면 스토커가 되지 않고도 아주 자연스럽게, 등하교길에 계속 후지모토 군한테 달라붙어 있을 수 있습니다!"

"저기 말이야, 우시쿠 양. 몇 번이나 하는 말인데, 왜 그렇게 나한테 집착하는 거야?"

"집착하는 건 아님다만, 전에도 말했던 것처럼 신입생 반 친구 소개 시리즈 중에서 후지모토 군만 딱히 이렇다 할 소재가 없어서 말임다."

"다른 녀석들한테도 그렇게 기발한 기삿거리는 없었잖아?"

햄스터를 키운다든지, 공놀이를 잘한다든지, 프로 게이머가 되려고 한다든지. 그리고 아주 건전하게, 여자 농구에서 중학교 시절에 전국 4강까지 올라갔다는 여학생이 있었다는 정도였던 것 같은데.

"그렇슴다. 그러니 이쯤에서 한 방 크게 터트릴 게 필요함다."

"여자 농구 전국 4강이면 충분히 훌륭한 것 같은데?!"

"건전한 기사만 가지고는 판매 부수가 늘어나지 않슴다."

규가 악당 같은 얼굴로 웃었다.

이런 규는 보고 싶지 않아!

"갑자기 이사한다고 하면 부모님이 걱정하시지 않을까?"

"아버지는 걱정하실지도 모름다만, 집에서 다니는 것보다 통학 시간이 줄어드니까 괜찮슴다."

"아니, 아마도, 틀림없이, 절대로 걱정할 것 같은데? 아버지 입장에서 보면 귀여운 딸이니까, 걱정 끼치면 안 될 것 같은데."

"······그렇습까?"

"그렇다니까. 내가 아버지였으면 엄청나게 걱정할 거야. 밤에 잠도 못 잘 거라고."

무슨 수를 써서라도 옆집으로 이사 오는 걸 포기하게 만들려고, 인정에 호소했다.

잠깐 생각하던 규가 활짝 웃으면서 말했다.

"후지모토 군은 좋은 사람임다. 그렇게 신뢰할 수 있는 사람 옆집이라고 하면, 틀림없어 아버지랑 어머니도 허락해주실 것임다."

"그게 아니라!!"

왠지 그럴 것 같기는 했지만, 이 아이, 세상의 상식에서 상당히 어긋나 있어.

"뭐가 아니라는 겁까."

"혼자 사는 고등학생 남녀가 옆집이라니, 부모님이 허락하실 리가······ 크억."

"무무무, 무슨 일임까, 후지모토 군?! 갑자기 피를 토하고!"

"아, 아무것도 아냐."

거대한 부메랑에 얻어맞았을 뿐이야.

혼자 사는 여성 교사와 이웃이 된 것만 해도 위험했는데, 한없이 평범한 교제에 가까운 교제(임시)를 하고, 하다 하다 룸 셰어까지 하고 있다.

규한테 들키면 치명상을 넘어서 바로 오버 킬이다.

"일단 제가 아버지한테 연락해서 옆집을 잡아둘 겁다."

"하지마. 관두자. 관두는 게 좋다니까."

손을 붙잡고 메시지를 못 보내게 하는 나를, 규가 의심하는 눈으로 쳐다봤다.

"그렇게까지 제가 이사하는 걸 싫어하다니, 대체 무슨 일임까?"

"그, 그런 건 없습다."

규가 도끼눈을 뜨고 날 노려봤다.

"뭔가 수상함다. 역시 좋은 기삿거리를 숨겨두고, 제가 이사하면 들키는 그런 거 아님까?!"

"그런 거 아님다만?!"

오히려 뭔가 냄새를 맡은 규가 엄청나게 신이 나서 뛰어갔다.

큰일 났다.

저 자식, 진짜로 이사 오려나.

규가 약간 맹하기는 해도 거짓말하는 타입은 아니다. 즉, 이사한다고 하면 저지를 타입…….

엄청나게 큰일이다.

아무튼 미츠키 씨와 긴급회의를 하는 수밖에 없다.

마침 오늘은 일찍 집에 온다고 했으니까.

그런 생각을 하면서 집에 도착했더니, 머리는 엉망이고 허름한 스웨트를 입은 건어물녀 모드 미츠키 씨가 열심히『슈퍼 스으리트 파이터Ⅱ』를 하고 있었다.

"저기요…… 미츠키, 씨?"

등을 구부정하게 숙인 자세로 컨트롤러를 붙잡고 열심히 싸우고 있던 미츠키 씨가 내 쪽을 봤다.

미츠키 씨가 쓰고 있던 캐릭터가 파이어 파○권을 맞고 불덩어리가 돼서 죽어 있었다.

"아…… 어서와."

말꼬리가 다른 차원으로 기어들어 가는 것 같은 말투도 틀림없는 건어물녀 모드.

룸 셰어를 시작한 뒤로 이 차림의 미츠키 씨는 처음 봤다.

일하는 중에는 수수한 교사 모드고, 집에서도 목욕하고 나온 뒤에 입는 파자마도 그 연장선이었다.

하지만 아무래도 잘 때는 건어물녀 모드가 되는 것 같다고, 밤에 화장실 가려고 나온 미츠키 씨의 모습을 보고서 대충이나마 알고 있다.

"어, 별일이네요. 그 옷은 잘 때만 입는 줄 알았는데요. 혹시 오늘 어디 안 좋아서 일찍 주무시려고 그러시나요."

내가 가방을 내려놓으면서 그렇게 말하자, 미츠키 씨가 기름칠 안 한 꼭두각시 인형처럼 부들부들 떨었다

"어, 어, 어……!"

그리고 미츠키 씨 얼굴이 새빨갛게 물들어갔다.

"왜 그러세요."

"어, 어떻게, 어째서 치사토 군이 제가 잘 때 입는 옷을 알고 있는 거죠?! 몰래 들어왔었나요?!"

187

"아니에요! 밤에 화장실 가려고 나온 미츠키 씨를 우연히 봤을 뿐이에요!"

"밤에 화장실?! 그건 무슨 플레이야?!"

"미츠키 씨, 진정하세요."

조금 지나서 간신히 말이 통할 정도로 진정된 미츠키 씨가, 오늘 학교에서 미술 담당 호리우치 선생님과 얘기한 내용을 말해줬다.

이야기가 끝났을 즈음에, 어째선지 미츠키 씨가 훌쩍훌쩍 울고 있었다.

"훌쩍, 그러니까 건어물 모드라면, 훌쩍, 치사토 군을 자극하지 않을 것 같아서, 훌쩍⋯⋯."

한마디로 그 이야기를 바탕으로 미츠키 씨 나름대로 해석하고, 간단히 말하자면 날 울끈불끈하게 만들지 않기 위해, 건어물 모드로 생활해서 내 화산암을 식히려고 했다는 것 같다(나까지 화산암을 이상한 의미로 쓰고 말았다).

그렇구나, 호리우치 선생님이 신경 쓰는 일이 뭔지는 잘 알겠다.

정말 적절한 지적이라고 생각했다.

실질적인 문제로 힘들기는 하다.

아무래도 지금까지와 다르게 같이 살게 된 관계상, 접점이 엄청나게 늘어났다.

목욕, 화장실, 빨래는 물론이고 매일 밤 옆방에서 미츠키 씨가 무방비하게 자고 있다고 생각하면 정말 미칠 지경이다.

미칠 지경이라고 해도 미츠키 씨랑 계속 같이 있다 보니 비장의 보물 같은 사진한테 신세를 지기도 쉽지가 않다.

호리우치 선생님, 폼으로 「취미는 출산, 특기는 안산」이라고 하는 사람이 아니었구나. 잘 알고 있네. 아예 보건 선생님이 돼도 좋을 텐데.

"그렇다고 울 것까지는 없잖아요."

"그치만, 홀쩍, 건어물 차림이 편하기는 하지만 내가 생각해도 좀 아닌 것 같아서, 홀쩍, 계속 이런 차림으로 있으면 치사토 군이 날 싫어하게 되지는 않을까 싶어서, 슈퍼 스ㅇ리트 파이터Ⅱ도 20연패나 했고…… 으아아아앙!"

결국 진짜로 울기 시작했다.

정말이지, 이 사람은 왜 이렇게 귀여운 거야.

"미츠키 씨."

"엉?"

코맹맹이 소리다.

"일단 코부터 풀까요."

흥~ 하고 미츠키 씨 코가 뚫렸다.

"응."

아직 눈이 빨간 게 어린애 같다.

"이러지 않아도 괜찮다고 할까, 별로 의미가 없다고나 할까요."

"?"

"건어물 모드라도, 미츠키 씨는 귀여워요."

"──헤?" 미츠키 씨 얼굴이 화르르륵 하고 빨개졌다. "치, 치사토 군, 건어물녀 취향이야?!"

"아니거든요! 건어물 모드가 분명히 보기엔 좀 그럴지도 모르지만, 딱히 점막에 뒤덮인 촉수가 꾸물거리는 것도 아니고, 엄청난 냄새가 나는 괴물도 아니잖아요."

"초, 촉수 플레이……?"

미츠키 씨가 두려워하고 있다.

"그러니까, 그런 게 아니라요! 노멀 모드도, 선생님 모드도, 미녀 모드도, 건어물 모드도, 미츠키 씨는 미츠키 씨라고요! 미츠키 씨니까 전부 좋은 거예요!"

큰마음 먹고 말해버렸다.

진짜 창피하다!

하지만 그만큼 위력은 있었는지, 미츠키 씨가 폭발 직전이 돼버렸다.

"호냐아아아아! 치사토 군은 어쩌면 이렇게 착한 거야?! 나, 이렇게까지 사랑받아도 되는 걸까."

최종적으로 개다래를 먹은 고양이처럼 늘어지고 말았다.

하지만 호리우치 선생님이 한 말이 진실인 것처럼 지금 내가 한 말도 진실이다. 욕망의 처리나 발산, 승화에 대해서는 명심해둬야겠다.

미츠키 씨도 몸을 던져서(?) 우리 둘의 관계를 깨끗하게 유지하기 위해서 노력하려는 것 같으니까.

지금까지는 형광등 끈 상대로 복싱이랑 근력 운동, 불꽃 같은 영어 단어 암기 백 연발로 어떻게든 버티고 있다. 영어 단어로도 모자라면 어려운 수학 문제에 도전하자.

"미츠키 씨, 저도 잠깐 상담할 게 있는데요."

헬렐레 상태가 된 미츠키 씨가 바로 정신을 차렸다. 두 팔을 크게 벌리고 받아들일 태세까지 완벽하게. 가슴이 크게 출렁, 한 건 못 본 걸로 해두자.

"선생님이 뭐든지 들어줄게! 아, 그치만 야한 상담은 안 돼……?"

"안 해요. 그 말 한 지 얼마나 됐다고요."

"아, 그래도 이 차림이면 나도 모르게 목소리가 작아지니까, 잠깐 보통 옷으로 갈아입고 올게요."

미츠키 씨가 평소의 낙낙한 실내복으로 갈아입고 돌아오자, 수업 끝나고 있었던 규의 폭탄 발언에 대해 설명했다.

"그렇게 해서, 상당한 위험한 상황이 된 것 같아요."

이야기가 끝나자 미츠키 씨가 유난히 얌전한 표정을 지었다.

"…………"

그러더니 말없이 벌떡 일어나서는 방에서 나갔다.

어디로 가나 싶었더니, 부엌에 가서 냉장고를 열고 안에 넣어서 시원하게 해둔 캔 츄하이를 꺼내더니 갑자기 확 들이켰다.

참고로 캔 츄하이라고 해도 과일 맛이 나는 달콤한 것이고, 알코올 도수도 3%밖에 안 된다. 집에서 마실 때 미츠키 씨는, 맥주보다 알코올 도수가 낮고 달콤한 이 캔 츄하이 하나로 기분 좋게 취해버린다.

"미, 미츠키 씨?~"

"아으~ 엄청 위기잖아. 나도 모르게 술을 마시지 않고는 버틸 수 없게 돼버렸어."

또다시 눈물을 글썽이며 훌쩍거린 미츠키 씨가, 츄하이 캔을 한 손에 들고는 투덜거리기 시작했다. 무릎을 끌어안고 쭈그리고 앉아서 달콤한 술을 홀짝홀짝 마신다.

"어, 어떻게 해야 할까 싶어서 말이죠. 예를 들어서 미츠키 씨가 다시 옆방을 빌린다든지 하는 건 어떨까요."

미츠키 씨가 경악한 표정으로 굳어져 버렸다.

거창하게 말하자면 이 세상이 끝난 것 같은 표정이다.

"기껏 치사토 군이랑 같이 룸 셰어를 하고 있는데. 이 세상은 끝났어……."

거창한 표현이 아니었나 보네.

"그건 그러네요."

이 룸 셰어가 제일 큰 문제인데, 이걸 어떻게든 회피하고 싶다는 데는 나도 동감한다.

"그, 그럼, 강제로 사고 물건으로 만들자. 사고 물건이 되면 들어오려는 사람이 없다고 들었거든."

"……미츠키 씨, 사고 물건이라는 게 어떤 건지는 아세요?"

"뭐랄까, 차가 쾅~ 하고 부딪친다든지 하면 되는 거 아닌가?"

2층인데 어떻게 차로 쾅~ 하고 부딪칠 건데. 그런 일이 일어나면 사망자가 발생해서 사고 물건이 되기는 하겠지만, 바로 옆에 있는 우리 집도 무사하지 못할 테고.

"그게 아니라요, 사고 물건이라는 건, 그 집에서 누가 죽었다든지 하는 그런 집을 말하거든요?"

"대단해~ 대단해~. 치사토 군, 똑똑해~."

미츠키 씨가 박수를 쳤다.

"미츠키 씨, 벌써 취하셨나요."

"이히히~ 안 취했어~ 치사토 군 귀엽다~."

완전히 맛이 갔다.

"엄청나게 취했잖아요."

츄하이 캔을 들어보니 벌써 다 비었다. 너무 빨리 마셨다.

"안 취했어요. 솔직히 말이죠, 치사토 군이, 규한데, 경찰이 어쩌고 한 게 문제라고, 누나는 그렇게 생각해요오."

"거기에 대해서는 죄송할 따름입니다……."

미츠키 씨가 화를 내는 건 한없이 적반하장에 가까울지도 모른다고 생각하지만, 지금 말한 부분은 분명히 가슴이 뜨끔한 내용이었다.

"여자는 상냥하게 대해줘야만 해요. 그렇다고 같은 반 여자애한테 헤벌쭉하는 건 더 안 돼요. 치사토 군한테는 이미 제가 있으니까아."

"미츠키 씨, 빈속에 술을 너무 급하게 마셔서 엄청 빨리 취했거든요."

우리 아버지도 그랬기 때문에 대충 알고 있다.

"응. 밥하자! 밥 먹으면 좋은 생각이 날지도 몰라!"

"간단한 것밖에 못 하지만, 오늘은 제가 할 테니까 미츠키 씨는 쉬고 계세요."

"그럴 순 없어! 직접 만든 맛있는 음식으로 서방님 배를 채워주지 않으면 바람피운다고 우리 할머니가 그러셨어."

"미츠키 씨, 너무 피곤한가 보네요."

"아하하~♪ 그거 「X파일」에 나온 대사지. 치사토 군, 별 걸 다 아네~"

한시라도 빨리 미츠키 씨 뱃속에 음식을 넣어주자. 더 이상 술주정 부리게 두면 안 되니까.

내가 밥을 준비하고 있는데, 미츠키 씨가 타박타박 자기 방으로 걸어갔다. 잠깐 쉬려는 걸까. 자면 안 되는데…….

서둘러서 쌀을 씻고 전기밥솥에 안쳤다. 해동해둔 삼겹살을 양배추랑 같이 볶고, 적당히 간을 해서 채소볶음을 만들었다. 그리고 두부 된장국.

음식을 만들면서 거의 다 됐다고 말했더니, 미츠키 씨가 방에서 나오는 기척이 느껴졌다.

"미츠키 씨, 괜찮으세요? 그쪽에 앉아 계세요."

갑자기 뒤쪽에서 달콤한 향기가 나더니 부드러운 포옹이 나를 덮쳐왔다.

"우후후. 치사토 군, 나도 아직 젊지?"

목소리가 요염. 완전히 초절미인 모드다.

하지만 뒤쪽에서 뻗어온 미츠키 씨의 팔에 걸쳐진 복장이 아까와 다르다. 재질은 우리 학교 교복이랑 비슷하다.

"미, 미츠키 씨?"

몸을 비틀어서 포옹에서 빠져나오려고 했더니 미츠키 씨가 알아서 날 풀어줬다.

뒤를 돌아보니 거기에는 여고생 미쿠리야 미츠키 양이 있었다.

안경을 벗고 절세 미녀가 된 미츠키 씨가 우리 학교 여자 교복을 입고 있다.

게다가 하복.

치마가 짧아서 살집이 좋은 허벅지가 아낌없이 드러났다.

발칙하게 부풀어 오른 가슴이 교복 셔츠를 끌어올려서 배꼽이 다 보이고.

미츠키 씨가 머리를 쓸어 올리자 반소매 셔츠 안쪽에 있는 겨드랑이가 훤히 드러났다.

요리를 포기하고 근력 운동을 시작해야겠다⋯⋯!

"후후후. 어때? 언젠가 보여주려고 계속 가지고 있었거든. 옛날보다 살이 빠져서 허리는 핀으로 조여 놨지만."

요염하게 허리를 굽히고 날 바라봤다. 3학년 여자 선배 같다는 묘한 현실감과, 성숙한 성인 여성의 향기가 뒤섞였다.

"미미미, 미츠키 씨."

마른 침을 삼켰다. 머리가 어질어질합니다요⋯⋯.

"──역시 안 되겠어어어어! 스물다섯이나 돼서 이런 옷을 입는 건 헌법으로 금지된 고문이야아아아!"

미츠키 씨가 절규하면서 안경을 쓰고, 거실 겸 내 방으로 도망쳤다.

"왜, 왜 그러세요?"

채소 볶음을 들고 쫓아갔더니, 미츠키 씨가 "아냐, 이건 아니야~"라고 중얼거리면서 훌쩍훌쩍 울고 있었다. 내 방에서 여고생이 울고 있는 것 같아서 꽤나 위험해 보이는 장면이다.

"나도 치사토 군이랑 같은 고등학교 출신이라서, 교복을 입으면 누나랑 동생처럼 되지 않을까 싶었는데, 무슨 밤업소냐고……."

"그, 그건 아닌 것 같은데요. 정말 잘 어울려요."

미츠키 씨가 순간적으로 기뻐 보이는 표정이 됐지만, 바로 얼굴이 새빨개져서 두 손으로 얼굴을 가리고 고개를 도리도리 흔들었다.

"안 돼, 이런 차림은. 내가 너무 창피해서 죽을 것 같아……. 그, 그치만 치사토 군이 좋아해 준다면, 매일 밤, 이 차림으로."

"그거야말로 밤업소 아닌가요."

결국, 평범한 주정뱅이가 돼버린 미츠키 씨는 여고생 차림 그대로 밥을 먹었고, 데굴데굴 구르면서 파괴력이 넘쳐나는 응석장이 모드로 나한테 매달리다가, 자기 방으로 걸어 들어가서 조용히 잠들었다.

규가 이사 온다는 사안에 대한 유효한 대처 방법은 생각해내지 못했지만, 여러 가지 모습의 미츠키 씨를 볼 수 있었으니까 됐다고 치자. 어차피 내일은 쉬는 날인 일요일이니까. 이번에는 술 없이 잘 생각해보자.

하지만 다음날, 미츠키 씨는 숙취 때문에 죽어 있었다.

미츠키 씨 방에서 계속해서 "아으~"라든지 "우으~"같은 소리가 들려온다.

"미츠키 씨, 살아 계시나요~?"

점심때가 다 돼서도 나오지 않아서 말을 걸어봤다.

"⋯⋯⋯⋯⋯⋯마──."

"목소리가 작아서 안 들린다."

"⋯⋯⋯⋯⋯지마──."

"예? 미츠키 씨, 괜찮으세요?"

뭔가가 질질 끌리는 소리가 났고, 그다음에 천천히 문손잡이를 돌리는 소리가 났다. 무슨 일이 있나 싶어서 마음을 단단히 먹었는데, 몇 번인가 소리가 난 뒤에 문이 살짝 열렸다.

건어물녀 모습의 미츠키 씨가 쓰러져 있다.

"미츠키 씨~~~?!"

"치, 치사토 군⋯⋯⋯⋯⋯ 미아⋯⋯ 골 아프니까⋯⋯ 큰 소리 내지마⋯⋯⋯⋯⋯."

"아, 죄송해요."

아까부터 한 말이 이거였구나.

찬물과 스포츠 드링크를 준비했다. 방바닥에 쓰러져 있는 미츠키 씨는 방향전환이 마음대로 안 돼서, 이불로 돌아가지도 못한 채로 꿈틀거리고 있었다.

"아⋯⋯ 으⋯⋯ 치사토 구운⋯⋯⋯⋯."

"미츠키 씨, 저 여기 있어요."

"살려줘~⋯⋯⋯⋯⋯."

"어제 그 뒤에 또 술 드신 건가요?"

"밥 먹기 전에 하나가 다야⋯⋯⋯⋯."

미츠키 씨, 술 진짜 약하다.

이런 상태인 미츠키 씨를 그냥 둘 수는 없다. 오늘 이따가 호시노랑 같이 놀기로 했는데, 취소하자.

그나저나 술은 정말 무섭구나.

"미츠키 씨, 가끔씩 밖에서 마시고 들어오는 것 같던데, 항상 이러셨나요?"

"밖에서는 긴장하니까………… 치사토 군………… 이불까지 데려다줘…………."

"예?"

목소리가 갈라졌다. 이불까지 데려다 달라고? 그러려면 미츠키 씨 몸에 손을 대야 하는데.

오래 입어서 낡은 스웨트를 입고 있기는 하지만, 그래도 되는 걸까?

이불까지 데려가려면 미츠키 씨를 들어올려야 하고, 그건 한마디로, 공주님 안기라고 하는 걸 해야 한다는 뜻인데…….

그리고 이사 온 뒤로 처음, 금단의 영역인 미츠키 씨 방에 들어가게 되는 것이다.

도움을 청하는 미츠키 씨를 그냥 둘 수도 없어서, 큰맘 먹고 미츠키 씨 몸을 들어 올렸다.

그래, 이건 미츠키 씨 몸이 아니야. 회색 바다표범이다. 난 사육사고. 사육사니까 야한 생각은 하지도 않는다.

미츠키 씨는 여전히 반쯤 죽은 상태. 공주님 안기를 하고 있는데도 아무런 느낌이 없는 것 같다.

미츠키 씨를 이불에 눕혔을 때는, 내 쪽이 체력은 그렇다 치고 정신력이 박박 갈려나간 상태였다.

집 하나에서 방 하나로 줄어든 만큼 많이 좁아지기는 했지만, 그래도 완전히 미츠키 씨 컬러로 물들어 있다. 잘 때는 제일 편한 차림인 건어물녀면서, 방 안의 색이 거의 핑크색 일색인 것은 예전하고 똑같았다.

"물 마시고 싶어…… 일으켜줘…………."

"예, 알았어요."

공주님 안기를 클리어한 지금, 윗몸을 일으키기 위해서 등에 팔을 두르는 정도는 일도 아니다.

하지만 육체적 접촉에 대해서는 내성이 생겼지만, 미츠키 씨 얼굴이 초지근거리에 있다는 이 상황에 대한 내성은 생기지 않았다.

괴로운 숨을 쉬고 있는 살짝 벌어진 입, 약간 초점이 풀어진 눈, 열기가 느껴질 정도로 가까이에 있는 볼.

형광등 끈이 나를 부른다──!!

겉으로는 아무렇지도 않은 척하면서 미츠키 씨한테 찬물 잔을 건넸다. 미츠키 씨의 하얀 목이 움직이면서 물이 조금씩 줄어들었다.

"고마워…………."

"뭘요. 좀 괜찮아지셨어요."

"응. 날 공주님처럼 안아줄 때 얼굴, 정말 멋졌어."

정신이 있었구나.

멋지다는 말을 들으니까, 마음속으로 야한 생각을 품지 않기 위해서 바다표범을 운반하는 사육사라는 심정이었다는 말은 도저히 못 하겠다.

"아니, 그게, 저기——."

"후후후. 상으로 키스 정도는 해줄 수도 있는데?"

이성은 고사하고 의식 자체가 날아가 버릴 것 같았다.

오후가 되자 미츠키 씨가 많이 회복됐다. 남은 밥으로 죽을 만들어서 미츠키 씨한테 가져다줬다.

"조금 드시는 게 좋을 거예요."

"응."

조금 뜨거울지도 모르겠네. 한 숟가락 떠서 몇 번 호~ 호~ 불었다. 이 정도면 되겠다 싶었을 때 숟가락을 미츠키 씨 입으로 가져갔더니, 미츠키 씨 얼굴이 새빨개졌다.

"왜 그러세요?"

"치사토 군은, 가끔 대담하네."

그 말을 듣고, 의도치 않게 "후~ 후~ 아~"를 하고 있다는 사실을 깨달았다.

"아니, 그게, 예전에, 돌아가신 어머니가 이렇게 해주셔서, 그냥——."

"좋은 어머니셨구나."

"……거의 잊어버렸지만요. 저도 참 못됐죠."

죽을 반쯤 먹었더니 미츠키 씨 안색이 많이 좋아졌다.

혼자 누워 있으면 심심하니까 같이 있어 달라고 했지만, 이 방에서 둘이 같이 있으면 여러모로 위험한 일이 벌어질 것만 같았다. 그래서 미츠키 씨가 거실 겸 내 방으로 나오기로 했다.

둘이서 벽에 기대앉아서 멍하니 녹화해뒀던 예능 프로그램을 봤다. 게임도 조금 했지만 항상 하던『슈퍼 스ㅇ리트 파이터Ⅱ』는 숙취 때문에 힘든 미츠키 씨가 하기 힘들어해서 포기했다. 그대로 느긋하게 시간을 보내고, 저녁에는 피자를 주문해서 먹었다. 피자 같이 부담스러운 걸 먹을 수 있을지 걱정했지만, 죽만 먹으면 힘이 안 난다고 애원해서 어쩔 수 없이 주문했다.

"내가, 위장은 자신이 있거든. 음식이 상했는지 확인하고 싶으면 나한테 맡겨."

"상한 것 같으면 그냥 버려야죠."

피자가 도착하자 미츠키 씨가 맛있게 먹기 시작했다. 정말 배가 고팠나보다.

그래도 탄산음료는 자제했다.

피자를 먹으면서 미츠키 씨가 부드럽게 미소를 지었다.

"치사토 군, 나 지금 행복해."

꾸밈없는 말이 너무나 기쁘다.

"저도 그래요."

미츠키 씨가 피자를 한 조각 더 집으려다가 손을 치웠다.

"난, 행복해……. 그런데, 치사토 군도 정말로 행복해?"

"당연하죠. 그렇다고 했잖아요."

미츠키 씨 어깨가 조금 처진 것처럼 보였다.

"마미가 그랬는데, 10대 때 연애는 자극을 원하는 법이래. 귀엽고 다른 사람에게 자랑할 수 있는 여자 친구가 좋고, 남자애한테 맞춰주는 여자 친구가 좋다고. 그리고 연애랑 결혼은 달라. 보통은 연애를 몇 번 하면서 여자의 사고방식을 공부한 뒤에 결혼하는 법이라고."

"뭐, 그런 생각도 있을 수 있겠네요."

"드라마 정도는 아니라도, 치사토 군도 러브 코미디 만화에 나오는 것 같은 연애를 하고 싶은 시기 아닐까?"

"음~"

"옷장 위에 감춰둔——."

"으아~ 으아아아아——!"

어떻게 내가 보여주고 싶지 않은 만화를 숨겨둔 장소를 들킨 거지?!

"여교사 물이 있는 걸 보고는 어떻게 반응해야 좋을지……."

"부탁이에요, 잊어주세요, 제발 부탁드립니다."

뒤로 펄쩍 물러나서 엎드려 빌었다.

미츠키 씨가 헛기침을 하고 하던 얘기를 계속 했다.

"나 말이야, 굳이 따지자면 집에 있는 쪽을 좋아하고, 쉬는 날에는 밖에 전혀 안 나가도 괜찮거든. 하라주쿠나 시부야 같은 데서 즐겁게 데이트하는 건—— 하고 싶지 않은 건 아니지만—— 다음날 힘들 것 같아서 주저하게 돼. 친구들한테 여자 친구가 있다고 자랑하고 싶어도 우리 관계는 비밀이고, 비밀이 아니라고 해도 내가 열 살이나 나이가 많은 건 역시 이상하겠지."

"이상하다고 생각한 적 없어요. 그리고 저도 집에 있는 게 좋아요."

미츠키 씨가 한숨을 쉬었다.

"난 고등학교 선생님이거든? 여자 고등학생들의 젊음과 하는 이야기들을 항상 보고 듣고 있어. 그 아이들은 힘이 넘치고, 귀엽고, 세상에 무서운 게 없고, 잔혹해. 그 아이들 이야기를 들어보면 스무 살은 이미 아줌마. 스물다섯이나 먹은 나는 할머니라고 했어⋯⋯."

"걔들만 그러는 거예요." 누구야, 우리 미츠키 씨를 불안하게 만든 놈이.

"전에 요즘 얘기 애들 했을 때, 나도 나름대로 열심히 했지만 그런 애들이 소위 갸루어로 말하는 얘기, 역시 무슨 말인지 하나도 모르겠더라니까."

"갸루어 같은 건 저도 몰라요. 하지만 미츠키 씨는『샤모지(주걱)』나『오지야(죽의 일종)』,『히모지이(배고프다)』같은 말이 무슨 뜻인지 알잖아요?"

"응."

"그거 전부 무로마치 시대의 뇨보코토바(女房詞 궁녀들이 궁중에서 썼던 은어 같은 말), 옛날 갸루어거든요?!"

미츠키 씨가 깜짝 놀랐다. 나도 알아보고 놀랐지만, 사실이다.

"치사토 군은 정말 아는 게 많구나. 그런 점도 정말 좋아. 하지만, 그래서 불안해져. 나, 네 기대에 보답하고 있어?"

미츠키 씨 눈동자가 흔들린다. 보기만 해도 마음이 아플 정도로. 심호흡을 한 번 했다.

"처음에 미츠키 씨가 했던 말, 호리우치 선생님이 했던 말, 자극을 추구한다든지 다른 사람한테 자랑하고 싶어진다고 했는데,

저한테 미츠키 씨는 최고로 자극적이고 자랑스러운 여자 친구예요. 전 이성이랑 사귀는 게 처음이라서 여성을 어떻게 대해야 하는지, 그런 걸 잘 몰라요. 그게 미츠키 씨를 불안하게 만드나요?"

미츠키 씨는 몇 번이나, 고개를 크게 저었다.

"우시쿠 양 일도, 내가 치사토 군한테 평범한 여자 친구였다면 일이 이렇게까지 복잡해지지 않았어. 신문부에서 기사를 쓰더라도 조금 지나면 조용해질 테고. 하지만 난 선생님이고, 일을 안 하면 먹고 살 수도 없어. 일단 내가 이 집에서 나가는 게, 아마도 제일 좋은 일일 거라고 생각은 하거든? 그런데 난 도저히 너랑 같이 있을 수 있는 시간과 장소를 포기할 수가 없어."

그건 나도 마찬가지다.

"포기는, 할 필요 없잖아요."

감정적이 된 미츠키 씨가 눈물을 흘렸다.

"나도 뭐가 뭔지 모르겠어. 너무 행복해서 무섭다고나 할까."

"미츠키 씨……."

"치사토 군은 나한테 너무나 자극적인 남자친구야. 하지만 난 이미 스물다섯 살. 장래도 생각해야 해. 한때의 감정으로 남자를 좋아하게 되는 일은 없어. 결혼해서 자식도 낳고 싶다고 생각해. 하지만, 치사토 군은 아직 젊잖아."

젊다── 지금은 그 말이 내게 내려진 엄한 판결처럼 느껴졌다.

"못미덥다는 뜻인가요─?"

그것은 본능적으로, 남자로서 가장 괴로운 한마디.

미츠키 씨는 또다시 세차게 고개를 저었다.

두 조각이 남은 피자는 이미 다 식어버렸다.

다음날, 어색한 분위기인 채로 집에서 나왔다.

젊다──. 어쩔 수 없는 일이잖아.

나도 할 수만 있다면 미츠키 씨와 비슷한 나이로, 가능한 조금이라도 일찍 태어나고 싶으니까 말이야. 하지만 10년이나 늦게 태어났으니까 어쩔 수 없잖아.

입학식 날, 미츠키 씨의 프러포즈로 시작된 이 관계, 가 아니다. 난 아마도 그 전부터 미츠키 씨를 좋아했다. 그래서 그렇게 말도 안 되는 프러포즈를 받아들였다.

미츠키 씨의 행복을 생각하면, 역시 나 가지고는 안 되는 걸까.

미츠키 씨는 어른이다. 사회적으로도 생물적으로도 결혼해서 아이를 낳고 가정을 가져도 이상하지 않을 나이다. 내가 결혼할 수 있는 나이가 될 때까지 기다린다는 건, 그만큼 미츠키 씨의 젊음을 빼앗는다는 뜻이 된다.

그리고, 돈 문제.

미츠키 씨는 가볍게 넘어갔지만, 나는 학생이라서 생활비를 벌고 있지 않은 상황이다. 하지만 미츠키 씨는 일해서 돈을 벌고 있다. 집에서 보내주는 돈으로 집세를 포함한 학생 생활은 어떻게든 꾸려나갈 수 있지만, 왠지 얹혀사는 것 같은 기분이 들어서 마음이 불편한 상황이다.

수입이 없는 학생이라도 여자 친구와 사귈 수는 있다. 데이트

비용은 용돈과 아르바이트로 어떻게든 하면 되니까.

하지만 진심으로 결혼을 생각한다면, 남자로서 수입을 확보해야 한다고 생각한다.

기나긴 인생, 다치거나 병 때문에 일하지 못하게 될 수도 있다. 하지만 갑자기 수입도 없이 깊은 관계가 되거나 결혼을 얘기해서는 안 된다고 생각한다.

낡은 생각인지도 모르겠지만, 이건 내가 그다지 좋아하지 않는 아버지가 나한테 열심히 가르쳐준 것들 중에서 유일하게 별 거부감 없이 받아들였고, 지금에 와서는 고맙다고 생각하는 것이다.

솔직히 말해서 고등학생이라는 수입도 없는 존재라는 자체가, 미츠키 씨와 룸 셰어를 하면서도 선을 넘지 않기 위한 브레이크 역할을 하고 있는 것은 분명한 사실이다.

미츠키 씨가 바란다면 학교를 그만두고 일해도 좋다.

하지만 그 선택지를 고른다고 미츠키 씨가 좋아할 거라는 생각은 들지 않는다.

학교에 도착하자마자 바로 사이드 테일에 DSLR 카메라를 목에 건 소녀가 날 찾아왔다.

"오, 후지모토 군, 오늘은 얼굴이 어두운 데 무슨 일이 있었으면 취재── 허읍."

메모장을 손에 든 규의 머리 위에 손을 얹고 꾹 눌렀다.

"미안해. 오늘은 너랑 놀아줄 여유 없어."

오늘은 지구과학 수업이 없으니까 조례랑 종례 때 말고는 학교에서 미츠키 씨를 만날 수 없다. 조용히 수업에 전념하자.

◇◆◇◆◇◆◇◆

점심시간에 미술 준비실에 가서 마미랑 같이 밥을 먹으면서, 어제 치사토 군이랑 말다툼한 일에 대해 상담했다. 10분 정도 조용히 듣고 있던 마미가 날 가리키면서 단언했다.

"미츠키가 잘못했어."

마미는 이미 자기 도시락을 다 먹었다.

"그렇겠지……."

내 잘못이라는 걸 알고는 있었지만, 이렇게 대놓고 말하니까 왠지 힘이 빠진다.

편의점에서 사온 야키소바 빵이 목에 걸렸다.

잘못이라고는 하지만, 변명을 하자면 아주 조금 다르다.

애당초 답을 바라지 않았기 때문이다.

내가 바라는 건 마음의 안정이고, 그것은 어떤 어드바이스를 통해서 얻을 수 있는 것이 아니다. 그냥 가만히 들어주면 그게 제일 좋다. 마미가 그렇게 해주는 것처럼.

"저기, 미츠키. 만약, 만약에 말이야? 미츠키가 열다섯이고 그이가 스물다섯이라고 하면, 그이 고민을 전부 이해해줄 수 있을 것 같아?"

"──무리입니다."

"그치?! 그런 건 무리라고 무리무리무리무무리. 절대로 무리. 그런데 우리 남편은 맨날 내가 왜 고민하는지 모르겠다고 투덜대

기만 한다니까. 나도 일하고 애들 키우느라 힘든데 말이야."

남편 쪽이 열 살 연상이라는 건, 마미네 부부 얘기다.

"그런 때는 어떻게 해?"

"우린 그냥 싸워. 서로 하고 싶은 말 하면서."

"그러면 불편해지지 않아?"

딱 지금 나랑 치사토 군처럼.

"그렇진 않아. 그 뒤에 뜨거운 밤일로 화해."

"하하하. 사이가 좋네."

세 번째 회임도 머지않아서.

내 경우에는 마미처럼 할 수는 없다. 범죄, 안 돼, 절대로.

"성별이 다르고 나이가 그만큼 차이가 나면, 이해하지 못하는 건 당연한 일이야. 하지만 기본적으로 연상 쪽이 다가가야 한다고 생각해."

"역시 그렇구나──. 제대로 사과해야겠다."

야키소바 빵 귀퉁이 부분을 우물우물 씹고 시원한 우롱차를 마셔서 넘겼다.

"말은 그렇게 했지만, 미츠키는 참 대단하다고 생각해."

"뭐?"

갑자기 칭찬한 것 같아서 깜짝 놀랐다. 내가 놀란 사실을 긍정하는 것처럼, 마미가 씁쓸하게 웃고 있었다.

"왜냐하면 남자는 말이야, 바로 『그래서?』라든지 『한마디로?』, 『결론은?』 같은 소리를 하잖아. 난 그냥 내 불만을 들어줬으면 싶을 뿐인데, 무슨 조언이나 답을 해주려고 하지 않겠어?"

"너희도 그래?"

"뭐, 아무래도 우리 남편은 나이가 있으니까, 여성한테 그렇게 대하면 안 된다는 걸 어느 정도 알고 있는 것 같지만, 그래도 가끔씩 그럴 때가 있거든. 그렇다면 미츠키네 달링은 항상 그러지 않을까?"

"……응. ──나쁜 생각이 있어서 그러는 게 아니라는 건 알지만."

"그렇겠지. 그건 확실하게 말해두는 게 좋을 것 같아. 그이는 그냥 모를 뿐이니까. 그리고, 나머지는 앞으로 입는 것도 먹는 것도 낮에도 밤에도, 전부 미츠키 네 색으로 물들여가는 재미를 생각하면서 관대하게 봐주라고."

"내, 내 색이라니──."

마미의 노골적인 말에 가슴이 방망이질 쳤다. 조금 상상해버렸다.

"목표, 역『겐지모노가타리』!"

"그런 거 아니거든."

옛날 궁녀들 정장을 입은 치사토 군에게 이것저것 가르쳐주는 히카루 겐지가 나. 살짝 상상해버렸다.

"여학생 이사는 좀 고민거리긴 한데, 나도 정공법으로는 어떻게 해야 좋을지 모르겠네."

"그렇겠지……."

마미가 그렇게 말한다면 그렇겠지. 마미가 나보다 머리는 더 빨리 돌아가니까. 그리고 지금 내 머릿속은 완전히 히카루 겐지가 살던 헤이안 시대로 가버렸고.

점심시간은 아직 많이 남았지만, 슬슬 미술 준비실에서 나와 지구과학실로 돌아가야 한다. 5교시 수업 준비를 해야 하니까. 나는 성실한 선생님이다. 결코 망상에 잠긴 머리를 식힐 시간이 필요한 게 아냐. 마미도 교무실에 볼일이 있다면서 따라왔다.

매점 옆을 지나서 안쪽 계단으로 내려갔다. 학생들은 잘 이용하지 않지만, 지구과학 준비실이랑 제일 가깝다. 교무실도 이쪽으로 가는 게 빠르고.

그랬더니 계단 쪽에서 내 님, 이 아니라 치사토 군과 그 신문부 우시쿠 양이 이야기하고 있었다.

"저기 말이야. 규, 너 왜 그렇게 날 쫓아다니는 건데? 내가 오늘 심적으로 여유가 없다고 했잖아?"

"무슨 실례되는 말씀을! 저는 후지모토 군의 온몸에서 나오는 특종 냄새에 본능적으로 이끌리고 있을 뿐임다!"

쟤, 변태인가?

"너 변태냐."

치사토 군도 똑같은 말을 했다. 역시 우리 치사토 군. 그리고 치사토 군 냄새를 맡아도 되는 건 나뿐이거든.

"변태가 아닙다! 저널리스트의 사명에 불타고 있을 뿐임다!"

"그대로 불타서 죽어 버려."

치사토 군, 엄청난 말로 받아쳤네.

우시쿠 양은 치사토 군의 말에 화가 난 것은 표정이 됐다가 밝게 웃는 얼굴이 됐다가, 자기 감정이 이끄는 대로 행동하고 있다.

치사토 군도 적당히 넘기면서 가끔씩 웃고 있다.

멀리서 보면 교사로서 흐뭇하게 여길 만한 광경이겠지.

하지만, 어째서일까.

두 사람을 보고 있었더니 가슴이 조금 아프다.

어째서 난, 치사토 군보다 십 년이나 먼저 태어난 걸까.

나도 치사토 군이랑 같은 나이로 태어났다면, 같은 반이 돼서 치사토 군이랑 저렇게 이야기도 할 수 있었을까.

어쩌면 교실 구석에서 치사토 군을 바라보면서 혼자 좋아했을지도 모른다.

하지만, 같은 반이라면, 항상 같은 공기를 마시고, 같은 세계를 볼 수 있다.

고등학교 시절의 내가, 우시쿠 양 대신 치사토 군과 이야기하는 모습을 상상했다──.

약간 긴장한 나한테, 치사토 군이 환하게 웃으면서 말을 걸어준다.

바로 지금, 치사토 군이 저 소녀에게 그렇게 웃어주고 있다.

그것은 아무리 많은 돈을 들여도, 아무리 큰 권력을 손에 넣어도 실현할 수 없는 환상.

나를 깊고 깊은 어둠 속으로 빠트리는 위험한 허상.

말도 안 된다는 건 알고 있다.

하지만 나는 우시쿠 양처럼 같은 또래의 반 친구로서 그 사람

옆에 설 수가 없는데, 저 사이드 테일의 귀여운 소녀는 너무나 간단히 그 입장에 서 있다.

그것이, 얼마나 행복한 일인지도 모르는 주제에──.

조금 전까지는 사과하려고 생각했는데, 이런 모습을 보니까 내 마음을 어떻게 할 수가 없잖아.

정신을 차렸을 때, 나는 치사토 군만 보면서 걷고 있었다.

뒤에서 마미가 부르는 것 같지만 잘 들리지 않는다.

"아, 미쿠리야 선생님."

치사토 군이 나를「선생님」이라고 불렀다.

하지만, 나는 다르게 대답했다.

그대로 치사토 군과 우시쿠 양 사이에 끼어들었다.

"선생님, 무슨 일이심까?" 우시쿠 양이 깜짝 놀랐다.

나는 아무런 대답도 없이, 치사토 군과 팔짱을 끼고, 그 팔에 가슴을 누르면서 말했다.

"우리 둘, 같이 살고 있어."

그 순간, 세상이 멈춰버렸다.

우시쿠 양은 아무 말도 못 하고 펜을 떨어트렸다.

귀까지 너무나 뜨거워졌고 치사토 군 얼굴을 볼 수가 없다.

"아~ 바보 같은 짓 저질렀다."

마미의 한숨 섞인 목소리가 바로 뒤에서 들려왔다.

나는 이제야 내가 최악의 선택을 해버렸다는 사실을 깨달았다.

다른 학생이나 선생님이 없었던 게 불행 중 다행이다.

◇◆◇◆◇◆◇◆

점심시간이 끝날 무렵, 항상 밀착취재라면서 따라다니던 규한테, 미츠키 씨가 갑자기 「동거 선언」을 해버렸다.

뭐라고 둘러댔는지 생각도 안 난다.

룸 셰어라든지 집안 사정이라든지 돌아가신 할아버지 유언이라든지 기관총처럼 떠들어댔던 기억만은 남아 있다. 어떻게든 억지로 넘긴 것 같다. 참고로 우리 할아버지는 아직 살아계신다.

최종적으로는 우연히 같이 있던 미술 담당 호리우치 선생님이 규를 연행해가면서 결론적으로는 해결된 건지, 아직 잘 모르겠다.

하지만 그 뒤에, 규가 날 밀착취재 하는 일이 없어졌다.

그렇게 결정적인 말을 해버렸으니까. 그냥 넘어가지 못할지도 모른다.

미츠키 씨와 찬찬히 이야기하고 싶었지만, 수업이 끝난 뒤에 호리우치 선생님이 "지금 허둥대고 움직이는 건 좋지 않아. 내가 잘 할 테니까 오늘은 집에 가렴"이라고 말씀하셔서 집으로 돌아왔다. 내가 형식적인 미술부원이지만, 호리우치 선생님은 날 잘 기억해주고 있었던 것 같다. 미츠키 씨 친구니까 당연한 일일지도 모르지만, 아무튼 정말 고마웠다.

그렇게 해서 집으로 돌아와서 숙제를 끝내고, 할 일도 없어서 카레를 해놓고 기다렸더니 미츠키 씨가 집에 돌아왔다.

"다녀왔어요……."

길 잃었다 간신히 집에 돌아온 강아지 같다.

"다녀오셨어요. 잠깐 할 말이 있어요."

"예…… 아까는 죄송했습니다."

"조금 길어질지도 모르니까, 먼저 씻고 옷 갈아입고 오세요."

"예……."

샤워를 하고 개운해진 미츠키 씨 앞에 카레라이스 그릇을 놨다. 미츠키 씨가 이상하다는 표정으로 내 얼굴을 봤다.

"밥 먹으면서 얘기하죠."

"예……."

"락교랑 생강장아찌도 드릴까요."

"생강만 부탁드릴게요……."

둘이서 잘 먹겠다는 인사를 하고 카레라이스를 먹기 시작했다.

"…………."

"…………."

잠시 아무 말 없이 밥을 먹었다.

"카레, 너무 맵지는 않으세요?"

"정말, 훌쩍, 마시쩌요, 훌쩍——."

미츠키 씨가 훌쩍거리기 시작했다.

하지만 이번에는 꼭 말해야 한다.

나는 카레라이스를 먹으면서 서론이라도 되는 양 한숨을 쉬었다.

"아무리 그래도 그건 너무 위험하잖아요."

"예……. 치사토 군, 화 났지?"

"당연하죠."

미츠키 씨가 더 작게 움츠러들었다.

"예……."

미츠키 씨가 진정될 때까지 기다렸다가 물었다.

"그 뒤에, 저한테는 딱히 아무 일도 없었지만, 미츠키 씨 쪽은 괜찮았나요?"

"응. 아무 일도 없었어. 5교시 수업 중에 아무것도 없는 데서 넘어졌을 뿐이야."

"아프진 않았나요."

응, 하고 고개를 끄덕이고, 미츠키 씨가 카레라이스를 먹었다.

"저기 말이야, 나 말이야, 그 뒤에, 우시쿠 양이 치사토 군을 붙잡고 있는 얘기 없는 얘기 캐묻고 다니게 만든 건 아닌가 싶어서 말이야. 치사토 군이 열심히, 우시쿠 양의 추궁을 피해줬는데, 다 망쳐버려서, 정말 미안해."

미츠키 씨는 내가 생각했던 것과 전혀 다른 곳에서 이것저것 걱정했던 것 같다.

정말이지——.

나는 미츠키 씨의 빈 물잔에 보리차를 따라줬다

이 사람은, 아니, 우리는 서로를 이렇게 걱정해주고 있는데, 너무 서툴러서 일이 잘 안 풀리고 있다.

"그래도 미츠키 씨, 오늘 그건 너무 위험했어요. 그렇게 되면 둘이 있는 건 물론이고, 미츠키 씨가 학교에 있을 수 없게 되기라도 하면 어쩌려고 그랬어요."

"그건—— 머리로는 알고 있었어."

미츠키 씨가 살짝 눈살을 찌푸렸다.

"머리로는요? 저희 관계가 얼마나 큰일이 나는지에 대한 것도, 머리로만 이해한 채로 프러포즈를 했다는 건가요."

"꼭 그렇게 말할 필요는 없잖아. 머리로는 알고 있지만, 마음이 따라가지 못할 때도 있단 말이야!"

미츠키 씨가 괴로운 표정을 지었다.

"…………."

"치사토 군도, 내가 몇 번이나 말했는데도 우시쿠 양이랑 신나게 얘기했잖아?"

"걔가 멋대로 말 걸었을 뿐이고, 전 그 취재에서 도망치는 거였어요."

"『걔』? 꽤 친한가보네. 누나의 G컵보다 장래가 미지수인 A컵이 더 좋은 거야?!"

"왜 얘기가 그렇게 되는데요?!"

오는 말이 고와야 가는 말이 곱다고, 미츠키 씨가 불똥을 튀기기 시작했다.

217

"취재라고 하면 그렇게 친하게 노닥거리는 것도 다 허락되는 거야?! 학교는 공부하는 곳이거든?! 너무 풀어진 거 아니야?!"

"친한 거 아니라고요!"

결국, 이날 나는 어제 일에 대해서 사과하기는커녕 오히려 사이가 더 틀어져 버리고 말았다.

다음날, 눈을 떴더니 미츠키 씨가 진지한 얼굴로 내 얼굴을 들여다보고 있었다.

"으아아아아아!"

깜짝 놀라서 벌떡 일어났다.

평소에 하던 아침 의식이랑 비슷하지만, 미츠키 씨 분위기가 뭔가 다르다.

평소 같으면 몰래 카메라 놀이를 하면서 장난스럽게 날 깨워줬는데, 오늘은 그냥 조용히 내가 일어날 때까지 기다리고 있었다.

"잘 잤어, 치사토 군."

미츠키 씨가 웃는 얼굴로 말했다.

"안녕히 주무셨어요."

"후후후. 치사토 군은 여전히 귀엽네. 볼을 꼭 깨물어주고 싶어."

"하지 마세요."

표면상으로는 평소와 똑같은 대화.

하지만 미묘한 골이 생겨 있다.

계속 같이 있었기에 알 수 있는, 머리카락 하나 정도의 미세한 분위기 차이.

밖을 봤더니 오늘은 감시하는 규가 없었다.

미츠키 씨가 먼저 집에서 나가고, 나도 학교로 갔다.

학교 현관에서 호시노랑 만났다. 아침 연습이 있었는지 유니폼 차림이었다.

"안녕. 아침 연습?"

"아, 안녕 후지모토. 그래, 아침 연습. 미치게 덥다~"

실내화로 갈아 신었다. 호시노도 옷을 갈아입기 위해서 실내화로 갈아 신다가, 갑자기 내 얼굴을 빤히 쳐다봤다.

"왜.

"후지모토, 너 무슨 일 있었냐?"

"뭐? 아무 일도 없는데."

웃어넘겼다.

"그런가? 뭔가 평소보다 얼굴이 칙칙해 보이는데."

별생각 없는 한 마디가 큰 충격을 줬다.

친구들한테는 내가 모르는 내 모습이 보이는지도 모르겠다.

하지만 「친구」라고 하는 데 약간의 위화감이 느껴졌다.

미츠키 씨와 잘 지낼 때는 「난 너희랑 달라서 여자 친구가 있어」라고 생각하며 거만하게 내려다보는 태도였던 주제에, 내가 힘들 때는 「친구구나」라고, 제멋대로 그렇게 생각하고 있다.

난── 정말 나쁜 놈이다.

교실에 들어갔는데도 평소처럼 규가 힘차게 달려오지 않았다.

조회 시간이 돼서 미츠키 씨가 교실에 들어왔다.

평소와 똑같은 수수한 교사 모드. 조용한 목소리로 말하고 있다. 평소와 똑같다.

그런데 마츠시로가 내 등을 쿡쿡 찔렀다.

"왜?"

"미쿠리야 선생님 말인데, 오늘 뭔가 좀 다르지 않냐?"

뜨끔했다. 하지만 동요를 감추면서 물었다.

"어떻게 다른데?"

"뭔가, 어둡다고 할까? 아니, 항상 어둡기는 했는데, 오늘은 뭔가 마음에 상처를 입은 것 같은 느낌이야."

역시 미술부답다는 생각이 들었다. 보통 사람들 같으면 평소와 똑같다고 생각할 수수한 여성 교사의 위화감을 눈치챘다.

오전 수업은 거의 머리에 들어오지 않았다.

호시노와 마츠시로의 말을 마음속에서 몇 번이나 되새기면서, 결국 미츠키 씨 생각만 했다.

마음속에 떠오른 미츠키 씨는 삐치고, 응석 부리고, 깜짝 놀라고── 무엇보다 웃고 있었다.

"좋았어──."

점심시간이 끝날 때, 나는 결심하고 LINE으로 메시지를 보냈다.

방과 후의 옥상에는 바람이 세게 불고 있었다.

운동장을 내려다보니 운동부들이 활동하는 모습이 잘 보인다. 이렇게 떨어져 있는데도 야구부원들 속에 있는 호시노를 알아볼 수 있다는 게 조금 신기했다.

취주악부와 경음악부가 튜닝하는 소리가 들린다.

지금 옥상에는 나 혼자뿐이다.

나는 여기서 사람을 기다리고 있다. 점심시간 끝날 때 LINE 메시지로 불러냈고, 오겠다는 답까지 받았다.

슬슬 올 때가 됐다 싶어서 옥상 입구 쪽을 보니, 바람 때문에 닫혔던 철문이 천천히 열리고 있었다.

무거운 문을 밀어 열고 옥상으로 올라온 사람에게 말을 걸었다.

"와줘서, 고마워."

강한 바람 때문에 눈을 가늘게 뜨고, 사이드 테일 머리를 휘날리며, 평소처럼 목에 DSLR 카메라를 목에 건 규가 옥상에 서 있었다.

"취재 대상한테 LINE으로 호출받은 건 처음임다."

규도 뭔가 어색하게 말했다.

"그렇겠지."

"그래서, 할 얘기가 뭔가요?"

"아…… 너 말이야, 정말로 이사 올 거야?"

규가 올 때까지 내 나름대로 시뮬레이션을 했다.

어떤 순서로 얘기를 할까, 가벼운 잡담부터 시작하자, 틀림없이 이렇게 대답할 때니까 그럴 땐 이렇게 설득하자, 그렇게 해서 안 되면 이렇게 말하면 될 거라고 이것저것 잔뜩 공상을 했지만, 실제로는 바로 돌직구를 날렸다.

"그러니까 말임다, 그 건은……."

내 예상으로는 '그렇습다'라고 대답해야 하는데, 예상외로 뭔가 애매한 반응이다.

"뭐야, 엄청 힘이 없잖아."

"아니, 그런 거 아닙다만? 아하하, 아하하하."

"노골적으로 수상한데."

내 눈을 피하고 있다. 엉거주춤한 자세로 메마른 소리로 웃고 있다.

내가 더 자세히 물어보려고 한 그 때, 옥상 문에서 또 묵직한 소리가 났다.

바람에 흰 가운이 펄럭인다.

미츠키 씨였다.

내가 LINE으로 부른 건 규 한사람만이 아니다. 미츠키 씨도 불렀다.

우리를 본 미츠키 씨의 얼굴이 노골적으로 굳어졌다.

마찬가지로 규도 굳은 표정을 지었다.

"──거기 둘, 옥상에서 놀면 위험해."

낮은 톤의 목소리로 말하는 미츠키 씨. 하지만 그건 수수한 교사 모드의 목소리라기보다는 나와 단 둘이 있을 때의 목소리에서 억지로 톤을 낮춘 목소리였다.

이런 미츠키 씨의 목소리를 듣고 싶어서 같이 있는 게 아니다──.

규가 적당히 대답하자, 미츠키 씨는 그대로 돌아가려고 했다.

"잠깐만요, 미쿠리야 선생님—— 아니, 미츠키 씨."

내가 이름을 부르자 미츠키 씨가 깜짝 놀라서 고개를 돌렸다. 귀밑머리가 바람에 흔들린다.

불안한 표정의 미츠키 씨를 똑바로 쳐다보며, 나는 미츠키 씨를 향해 걸어갔다.

"후지모토, 군——?"

날 성으로 불렀다.

하지만 그 목소리를 들은 순간, 내가 하려는 일이 성공할 거라고 확신했다.

왜냐하면 그 목소리는 선생님의 목소리가 아니라 '미츠키 씨'의 목소리였으니까.

입을 살짝 벌리고 날 쳐다보는 미츠키 씨에게 미소를 지어 보이고, 규 쪽으로 고개를 돌렸다.

그리고 나는 미츠키 씨의 어깨를 안았다.

"우리, 사귀고 있거든."

미츠키 씨가 내 얼굴을 쳐다봤다. 그 눈에 서서히 투명한 액체가 고인다.

구슬처럼 부풀어 오른 눈물이, 미츠키 씨의 부드러운 볼을 타로 흘러 떨어졌다.

"안 돼, 치사토 군. 비밀로 해야 한다고, 그렇게……."

나는 고개를 저었다.

이 이상 내 소중한 사람을 괴롭히느니, 그냥 전부 털어놓기로 했다.

학교 신문에 실리더라도 상관없다.

그것 때문에 내가 이 학교를 그만두게 되더라도 좋다.

어제 미츠키 씨가 그런 말을 해버릴 정도로 마음이 넘쳐나고 있는데, 차가운 표정으로 계속 속이고 넘어가는 남자는 미츠키 씨 옆에 있어서는 안 된다.

"규. 나랑 미츠키 씨는 지금 사정이 있어서 룸 셰어를 하고 있어. 네가 내 상황을 알고 싶어서 옆집으로 이사 오겠다면, 그것도 말리지 않을게. 하지만 난 미츠키 씨가 좋아. 최종적으로 네가 어떤 기사를 쓰고 싶은 건지는 모르겠지만, 그리고 난 아직 학생이라 아무것도 못 하지만, 미츠키 씨한테 상처를 입히겠다면, 네가 여자라도 용서하지 않을 거야."

비행기 소리가 들린다.

운동부 목소리가 여기까지 들려온다.

테니스부가 공을 때리는 소리가 들린다.

취주악부가 연주를 시작했다.

나는 미츠키 씨의 어깨를 안은 채로 규를 똑바로 쳐다봤다.

그랬더니—— 어째선지 규가 부들부들 떨기 시작했다.

"기기기, 기사? 후후후, 후지모토 군 비밀? 무슨 말임까? 아하, 아하하하."

"……규, 너 아까부터 뭔가 이상—— 아니, 뭐, 항상 이상하기는 했지만—— 어떻게 된 거야?"

이상하다 싶어서 물어봤지만, 규는 내 앞까지 걸어와서 허리를 직각으로 굽혔다.

"아닙다! 저야말로 정말 큰 실례를 저질렀습다!"

"규?"

"이제 더는, 천지신명께 맹세코, 두 분의 일은 기사화하지 않겠습다! 절대로 발설하지 않겠습다!"

"그, 그래. 기사도 안 쓰고 조용히 있어준다면, 정말 고맙겠네."

내가 그렇게 말하자 규가 다시 허리를 펴고, 무릎을 꿇고 손을 맞잡고서 애원했다.

"그러니까 제발, 목숨만은, 목숨만으으으은!!"

"뭐, 뭐야?"라고 말하면서 손을 뻗었더니, 규가 겁먹은 작은 동물처럼 "히이이익!!" 하고 눈물을 글썽거리면서 바들바들 떨었다.

"우시쿠 양, 어떻게 된 거야?"

"글쎄요?"

나랑 미츠키 씨가 고개를 갸웃거리고 있는데, 뒤쪽에서 또 문 열리는 소리가 났다. 호리우치 선생님이다.

"마미! 어째서 여기에?"

"우시쿠 양의 상담을 받고 왔어."

"상담?"

그러자 호리우치 선생님은 미츠키 씨의 말에는 대답하지 않고, 겁먹은 규한테 말을 걸었다.

"그치? 내 말이 맞았지?"

"예! 호리우치 선생님 말씀대로 정말로 교제하시는 중이라고 공언했습다! 게다가 제가 여자라도 용서하지 않겠다고 했습다!"

"무서웠지~"

"무서웠습다~"

규가 호리우치 선생님 뒤에 숨었다.

"저기, 호리우치 선생님, 무슨 얘긴지 모르겠는데 말이죠⋯⋯?"

규가 호리우치 선생님한테 호소했다.

"그렇다면 호리우치 선생님 말씀대로, 후지모토 군은 여자들을 닥치는 대로 자기 것으로 삼고, 악귀나찰에 극악무도한 중학교 생활을 보냈다는 얘기가 사실이었던 것임까."

"자, 잠깐만!"

지금 뭔가 엄청난 소리를 했는데?

거세게 항의하려는 나를, 호리우치 선생님이 뭔가 의미심장하고 수상한 미소로 제지했다.

"그렇다니까~ 후지모토 군이 중학교 때 학생회 부회장까지 했지만, 겉으로는 착한 척 하면서 뒤로는 엄청난 망나니였거든~."

내 얘기지만 처음 듣는 얘기거든!

"싸움이나 폭력 사태는 일상다반사. 여자들을 날마다 바꿔대는 위험한 사람이었다는 거죠?! 고등학교 때부터 들어온 저는 몰랐습다! 하마터면 호랑이 꼬리를 밟을 뻔 했습다!"

두 사람 이야기를 듣고 미츠키 씨가 바들바들 떨었다.

"치사토 군, 중학교 때는 그랬어……?"

"아니거든요!"

호리우치 선생님이 신이 나서 말했다.

"다른 사람들한테도 후지모토 군은 건드리면 위험한 사람, 죽을 수도 있다는 절대적인 공포의 대상이었거든~ 무서워서 아무 말 안 하는 거야. 일본에 진짜로 닌자가 있지만 외국 사람들한테는 아니라고 하는 것처럼 말이야. 그치~ 후지모토 군?"

호리우치 선생님이 사진을 한 장 꺼냈다.

무슨 사진인가 하고 봤더니, 거기엔 나랑 미소 짓고 있는 미츠키 씨가 찍혀 있는데——.

"뭐, 뭐야 이거어어어?!"

세상에, 거기에는 내가 아주 진지한 얼굴로 미츠키 씨 가슴을 주무르고 있는 장면이 찍혀 있었다.

"치치, 치사토 군?! 언제 내 가슴을 이렇게 마구 주물렀던 거야?!"

자기 가슴을 가리려는 것처럼 두 팔로 자기 몸을 끌어안는 미츠키 씨. 눈에 눈물이 고여 있다.

"잠깐만요, 미츠키 씨. 그거, 이상하거든요."

나도 이랬던 기억이 없단 말이야! 이렇게 끝내주는, 아니, 이런 못된 일을 한 적은, 천지신명께 맹세코, 절대로 없다.

227

다시 한번 사진을 봤다.

음~ 보면 볼수록 내가 미츠키 씨의 멜론 같은 가슴을 열심히 주무르고 있다. 부럽…… 콜록콜록.

그나저나 이 사진 뭔가 이상하단 말이야.

가슴을 억지로 주무르고 있는데, 미츠키 씨는 왜 웃고 있지?

그리고 여기 내 얼굴. 가슴을 만진다는, 사춘기 남자에게는 엄청나게 중요한 이벤트를 벌이고 있으면서 왜 이렇게 험악한 얼굴이지?

응? 이 얼굴, 어디서 본 적이 있는데.

내 얼굴이니까 거울이 있으면 어디서든 볼 수 있지만, 그런 의미가 아니다.

이 표정을, 최근에 본 적이 있다.

필사적으로 기억을 더듬고 있는데, 옆에 있던 규가 더 거세게 떨기 시작했다.

"이이이, 이런…… 물증이 있는데도…… 시치미를 떼는 겁까! 정말 극악…… 무도한…… 사람입다……!"

무서워서 말까지 더듬는 규한테, 호리우치 선생님이 자애로운 어머니처럼 미소를 지으며 물었다.

"우시쿠 양, 각서는 가지고 왔어?"

"각서? ──아."

무슨 각서냐고 물어보려고 한 그 순간, 갑자기 이 스캔들 사진에 찍힌 내 얼굴이 언제 것인지가 생각났다.

이거, 내가 호사카를 붙잡았을 때 얼굴이다.

그걸 알고 다시 한번 자세히 봤더니 팔의 각도도 이상하다. 손도 미츠키 씨 커다란 가슴을 만지는 것 치고는 너무 작게 벌렸다. 이렇게 벌려서 잡을 수 있는 건 어깨 정도.

——호리우치 선생님, 저지른 건가?

내가 그런 생각을 담아서 호리우치 선생님 얼굴을 봤더니, 선생님이 살짝 윙크를 날렸다.

"요즘 미술 선생님은 포토샵 같은 것도 다룰 줄 알거든?"

"……말도 안 돼."

"무슨 얘기야?" 미츠키 씨가 나랑 호리우치 선생님을 번갈아서 쳐다봤다.

한마디로 이런 얘기다.

규가 내 얘기를 기사로 쓰는 걸 막기 위한 설득 재료로, 내가 미츠키 씨의 가슴을 억지로 주무르는 사진을, 지난번 절도 소동 때 규가 찍었던 동영상에서 캡처하고 가공해서 만든 것이다.

미츠키 씨 얼굴 사진은 친구니까 얼마든지 가지고 있을 테고.

어쩌고저쩌고 해도 규도 근본은 착한 애다. 미츠키 씨의 폭탄 발언 때문에 깜짝 놀랐겠지. 그래서 이런 급하게 만든 합성 사진을 믿어버렸고.

역시 규 답네. 그 어설픈 점이 정말 훌륭해.

하지만…… 날 너무 나쁜 놈으로 만든 거 아냐?

규가 떨리는 손으로 종이를 한 장 꺼냈다.

"앞으로, 무슨 일이 있어도 후지모토 군 이야기를 기사로 쓰지 않겠다는 각서임다. 받아주시면 감사하겠슴다."

그렇구나.

호리우치 선생님이 규한테 날 위험한 사람이라고 세뇌해서, 규가 나에 관한 기사를 쓸 기력을 없애버리겠다는 작전인 것 같다.

그나저나 너무하네. 난 그냥 열심히 살아왔을 뿐인데.

눈물이 날 것 같은 심정인데, 호리우치 선생님이 빙긋 웃으면서,

"각서까지 썼으니까 용서해주지 그래? 응?"

그렇게 말했다.

미츠키 씨와 내 관계보다 이 사람의 존재가 더 큰 문제인 것 같다는 기분이 들었다.

하지만—— 이렇게까지 판을 깔아줬으니까 끝까지 해보자고.

"호리우치 선생님, 결국 그 얘길 한 겁니까. 뭐, 저도 선생님한테만은 꼼짝을 못 하니까요. 각서는 받아둘게요."

"감사할따름입다."

"그렇게 됐으니까, 규. 고등학교 때 일이건 중학교 때 일이건, 내 얘기를 기사로 쓰려고 한다면."

거기서 일부러 말을 자르고 규의 반응을 즐겼다.

"기, 기사로 쓰려고 하면……?"

벌벌 떠는 규를 보면서 입가를 쭉~ 끌어올렸다.

"그런 짓 하면, 시집 못 가는 몸으로 만들어버릴 거야."

"흐이이이이이익!!"

두 눈이 빙글빙글 돌면서 도망치려고 하는 규의 뒷덜미를 붙잡고서 확인했다.

"다시 한번 물어보겠는데 말이야, 우리 집 옆집으로 이사 온다는 건은."

"안 해요, 안 하겠습다! 절대로 안 합다!!"

뒷덜미를 놔주자, 규가 공황상태에 빠진 것처럼 죽어라 도망쳤다.

규가 급하게 뛰어가는 발소리가 점점 멀어진다.

조금 지나자 다시 운동부 등의 떠들썩한 소리가 귀에 들려왔다.

"그런데, 언제까지 미츠키 어깨를 끌어안고 있을 셈이야, 후지모토 군?"

튕겨 나가는 것처럼 미츠키 씨한테서 떨어졌다. 미츠키 씨는 얼굴이 새빨개져서 꼬물꼬물. 나도 귀가 뜨겁다.

미츠키 씨가 부끄러움을 숨기기 위해 아까 그 사진에 대해 설명해달라고 했고, 호리우치 선생님이 사정을 설명했다. 내가 생각했던 내용과 똑같았다.

"마미. 너, 대체 무슨 짓을 한 거야……."

"정공법으로는 무리라고 선언했잖아? 그때 이미 준비하고 있었거든. 제때 완성돼서 다행이야."

완전히 질려버린 미츠키 씨한테 호리우치 선생님이 종이를 한 장 보여줬다.

"이건……?"

"임대 계약서. 후지모토 군네 옆집. 우시쿠 양이 줬어."

미츠키 씨가 안심한 표정을 지었다.

"고마워, 마미."

그렇게 말하고 미츠키 씨가 계약서로 손을 뻗자, 호리우치 선생님이 짓궂은 표정을 지으면서 뒤로 뺐다.

"그 아이한테 이걸 받기는 했는데, 이걸 어떻게 해야 좋으려나."

"호리우치 선생님?"

"우시쿠 양은 이사하는 걸 단념했지만, 우리 부에 마츠시로 군이 후지모토 군처럼 자취하고 싶다고 하던데 말이야. 이 집 소개해줄까~."

"마미, 너무 심술부리지 말고."

"내가 소개해주지 않아도 마츠시로 군이 후지모토 군네 집이랑 가까운 집을 알아보다가 찾아낼지도 모르겠네. 그렇게 되면 둘 다 곤란하겠지?"

"정말 곤란합니다."

"하지만 바로 얼마 전에 해약한 미츠키가 갑자기 재계약하겠다고 하면, 그건 그것대로 이상하겠고."

"예……."

무슨 뜻인지 열심히 생각하고 있는데, 갑자기 호리우치 선생님이 부드러운 미소를 지었다.

"그래서, 내가 세컨드 하우스로 빌리기로 했어. 두 사람을 지켜주기 위해서."

"뭐? 뭐? 뭐어어어?!"

미츠키 씨가 혼란스러워했다.

"내가 말 했잖아? 정공법으로는 우시쿠 양을 단념하게 만들 수 없을 거라고."

"그렇다고 해도, 이건——."

미츠키 씨가 약간 난처해하는 표정을 짓자 호리우치 선생님이 두 손을 허리에 대고서 말했다.

"뭐야. 널 지켜줬으니까 고마워해야 하는 거 아냐?"

"응, 그건 그렇긴 한데……."

"계약은 하겠지만 난 그렇게 자주 이용하지 않을 거니까, 미츠키 너는 원래 집으로 돌아가."

"에……."

노골적으로 싫다는 표정을 짓는 미츠키 씨. 약간 삐친 표정이 귀엽다.

"내 이름으로 계약했으니까, 나도 가끔씩은 쓸 거야. 가끔은 혼자서 스트레스를 발산하고 싶어지거든, 애들 키우다보면."

"정말로 오실 건가요?"

나도 모르게 말하자, 또 호리우치 선생님이 살짝 짓궂은 표정을 지었다.

"후후. 그때는 미츠키랑 둘이서 룸 셰어 하면서 러브러브한 시간을 보낼 수 있잖아? 하지만 내가 방에 있을 때는 계속 옆집 소리에 귀 기울이고 있을 테니까, 둘 다 깨끗하고 올바른 교제를 하지 않으면 좀 곤란하겠지."

"이것저것 다 생각했잖아!"

후후후, 하고 웃은 호리우치 선생님이 이렇게 덧붙였다.

"후지모토 군, 아까 정말 멋있더라. 너랑 사전에 말을 맞추지는 않았지만, 아마도 너라면── 지금까지 미츠키한테 들은 너라면, 그 정도는 말해줄 거라고 믿었거든."

"선생님……."

호리우치 선생님이 오른손 주먹으로 내 가슴을 살짝 때렸다.

"내가 이렇게까지 해줬으니까, 우리 미츠키한테 잘 해줘야 한다. 알았지?

내 대답은 정해져 있다.

"예, 당연하죠."

가슴을 펴고 당당하게 대답했다. 내 대답에 만족했는지, 호리우치 선생님이 옥상에서 나갔다.

뒤를 돌아보니 너무 감격해서 눈도 코도 새빨개진 미츠키 씨가 보였다.

"치사토 군, 정말 좋아!!"

미츠키 씨가 날 있는 힘껏 끌어안았고, 나는 그대로 떠밀려서 뒤로 넘어졌다.

에필로그 🌍

　호리우치 선생님 덕분에 미츠키 씨 짐을 원래 살던 집으로 되돌려놓게 됐다. 바로 옆집이기는 하지만 짧은 기간 동안에 두 번째 이사 작업이다.

　"치사토 군~ 이 상자는 그냥 놔둬~"

　"예~"

　호리우치 선생님이 세컨드 하우스로 이용할지도 모른다고 했다. 그래서 방에 아무것도 없으면 곤란할 거라고, 호리우치 선생님이 묵더라도 문제없을 정도의 짐만 옆집에 옮겨놓기로 했다. 미츠키 씨, 확신범이다.

　며칠 지나, 주말에 정말로 호리우치 선생님이 왔다.

　그래서 미츠키 씨가 급하게 놀러 왔는데…….

　"치사토 군, 안 돼!"

　"안 돼요."

　"앙, 잘 안 들어가."

　"그럼 제가 할게요."

　"안 돼, 너무 세에!"

　"아직 용서 못 해요!"

　"안 돼에에에! 제발 용서해줘!"

　후다다다다다다다닥!

　"너희들 대체 뭐 하는 거야?!"

　호리우치 선생님이 엄청난 기세로 날아왔다.

선생님은 미츠키 씨한테 맡기자.

"왜 그래, 마미?"

"왜는 무슨, 미츠키 네 이상한 목소리가…… 어라? 옷 입고 있네."

"무슨 이상한 소릴 하는 거야! 지금 치사토 군이랑 『슈퍼 스ㅇ리트 파이터Ⅱ』하고 있었는데."

"뭐?"

얼굴에 핏대를 세우고 달려온 호리우치 선생님의 마음은 잘 이해합니다. 저도 여러모로 힘드니까 그런 목소리를 내는 건 자제해줬으면 싶으니까요.

결국 엄청난 오해를 했다는 것을 알고 얼굴이 새빨개진 호리우치 선생님은, 어째선지 그대로 내 방에서 술판을 벌이기 시작했다.

"기껏 치사토 군이랑 둘이서 다정하게 게임 하고 있었는데."

"시끄러! 다정한 상황이 아니잖아! 내 수명이 줄어들게 만든 건에 대해 사과하란 말이야!"

호리우치 선생님이 술을 벌컥벌컥 마셨다. 나는 미츠키 씨가 숙취 때문에 고생하지 않게 감시했고.

그 뒤로 지금까지 호리우치 선생님이 갑자기 내 방에 시찰하러 오거나 옆방에서 묵는 일은 없었다. 하지만 옆방 열쇠는 당연히 호리우치 선생님도 가지고 있어서, 우리가 모르는 사이에 몰래 왔다 갔어도 모르는 일이지만. 물론 언제 오더라도 문제가 될 일은 없지만.

겨우 고등학교 생활이 궤도에 오른 어느 날.

"그렇게 해서 5월 연휴입니다, 치사토 군!"

저녁식사를 한 뒤에 슈퍼에서 반값 세일을 해서 사온 경단과 함께 차를 마시고 있었는데, 미츠키 씨가 힘차게 선언했다.

"예에."

"5월 연휴라고 하면 황금연휴 후반전. 학교는 쉽니다!"

"그렇죠."

식후 디저트를 먹고 풀어져 있는 나한테, 미츠키 씨가 뭔가 불만인지 볼을 빵빵하게 부풀리고서 말했다.

"연휴니까, 『데이트 찬스!』라는 반응 정도는 해야 하는 거 아냐?"

미츠키 씨가 왜 불만인지 이유를 알았으니까, 나도 자세를 바로잡고 고개를 숙였다.

"제 생각이 모자랐습니다! 데이트 기회이옵니다!"

미츠키 씨도 고개를 숙였다.

"그렇사옵니다! 어떤 데이트를 바라시옵니까?"

고개를 들고서 팔짱을 끼고 생각에 잠겼다.

"꽤 긴 연휴죠. ──여행이라든지?"

그냥 별 생각 없이 중얼거렸는데, 미츠키 씨가 바로 반응했다.

"여, 여, 여행?! 둘이서 외박은 안 돼……!"

당일치기 여행을 가도 되는데, 혼자서 새빨개진 미츠키 씨가 귀여워서 일부러 말을 안 했다. 여행보다 룸 셰어 쪽이 난이도가 높다고 생각하지만, 그것도 말 안 하기로 했고.

둘이서 컴퓨터로 검색해서 근처에 있는 데이트 장소를 여기저기 찾아봤지만, 결국 백화점에 쇼핑하러 가기로 했다. 둘 다 집에 있는 걸 더 좋아하다 보니까.

하지만 사러 가는 건 미츠키 씨 여름 수영복. 어지간한 데이트보다 수준이 높은 전개다.

그리고, 이건 그건가. 여름에 둘이서 물놀이 가자는 노골적인 복선인가?!

미츠키 씨 수영복 차림—— 형광등 끈과 근력 운동과 영어 단어가 나를 힘차게 부른다! 이렇게 격렬하게 근력 운동을 하다 보면 근손실이 일어날 틈도 없겠네.

그런 개인적인 사정을 어떻게든 뛰어넘고, 황금연휴 첫날에 바로 나가기로 했다.

나는 평소대로 청바지에 셔츠. 좋지도 나쁘지도 않은 무난한 차림.

그런데 미츠키 씨가 문제다.

"헤헤. 어때."

오늘 미츠키 씨는 화장을 안 했다. 원래 동안이라서 평소에도 화장을 옅게 하다 보니 큰 차이는 없지만, 그래도 역시 젊어 보인다. 안경까지 쓰니까 성실한 문학소녀 같은 분위기가 흘러나왔다. 복장도 고등학교 때 입었던 옷들을 이리저리 찾아서 그것과 비슷한 것들로 입었다. 아무리 봐도 10대. 얼핏 봐서는 미츠키 씨라고 알아보지 못할 정도다.

평소와 다른 새로운 미츠키 씨의 매력을 발견한 것 같아서 나도 모르게 정신을 놓고 쳐다봤다.

"좋다……."

"뭐?"

"아, 아니, 딱 좋네요. 정말 잘 어울려요."

며칠 전에 미츠키 씨가 혼자 흥분해서 고등학교 때 교복을 입었던 것을 힌트로 생각해낸 복장인데, 진짜 귀엽다.

"정말?"

미츠키 씨 볼이 발그레해졌다.

거기에 미츠키 씨가 미리 사뒀던 모자까지 쓰고, 둘이서 집에서 나왔다.

아무도 우리한테 주목하지 않는다.

우리를 아는 사람은 아무도 없다.

방심하면 안 되겠지만, 둘이서 밖을 돌아다니는 게 너무 기뻐서 저절로 미소가 지어졌다.

백화점 수영복 매장이 보이기 시작하자 내가 창피해지기 시작했다.

"정말 저도 같이 가야 하나요."

"당연하지."

"……전 그냥 이 근처에서 시간 보내고 있을게요."

"안~ 돼. 치사토 군을 누나의 매력으로 해롱해롱하게 만들어 버릴 거야."

안경을 살짝 내리고, 미츠키 씨가 슬쩍 초절미인 모드를 발동

했다.

"이미 충분히 해롱해롱이거든요."

"응? 뭐라고?"

"아뇨, 아무것도 아니에요."

반쯤 포기하고, 반쯤 미츠키 씨 때문에 넋이 나가서 수영복 매장에 들어갔더니, 온갖 색과 디자인의 수영복 너머에, 어째서라고 할까 역시나라고 할까 눈에 익은 사이드 테일 머리카락이 움직이고 있었다.

기껏 아는 사람과 마주치지 않고 여기까지 왔는데, 상대가 규라면 도망쳐야 하는 걸까……

미츠키 씨 얼굴을 두드리고 주의하라고 했다.

"저 사이드 테일, 우시쿠 양인가?"

사복차림이지만 평소처럼 DSLR 카메라를 목에 걸고 있다. 규도 우리를 알아차린 것 같다.

얼마 전에 호리우치 선생님이 강력한 세뇌를 건 뒤로, 규하고는 교실에서도 거의 말을 안 하게 됐다.

여기서 딱 마주치면 비명을 지르고 도망칠지도 모른다.

그건 그거대로 꽤 괴로우니까, 이대로 모른 척 지나가는 게 무난하겠지.

그때 갑자기, 규가 이쪽으로 고개를 돌렸다.

한순간 눈빛이 날카로워진 규가, 예상과 달리 우리 쪽으로 다가왔다.

"후지모토 군, 여자 친구분이랑 같이 온 겁까. 좋네요, 청춘임다."

예상외로 말까지 걸기에, 나랑 미츠키 씨가 서로 얼굴을 마주 봤다.

"규, 이젠 나 안 무서워?"

"전혀임다."

아주 당연하다는 듯이 말했다.

그런데, 잠깐만. 내가 무섭지 않다는 건, 그 각서도 의미가 없다는 뜻이고, 다시 처음으로 돌아가는 게 아닐까.

슬금슬금 뒷걸음치려고 했는데, 미사토 씨가 작게 속삭여서 멈추게 했다.

"치사토 군, 괜찮아."

"예?"

내가 무슨 말인지 이해하지 못하자, 규가 '정말이지, 뭘 모르는 도련님이네'라는 것처럼 어깨를 으쓱거렸다.

"제가 카메라를 들고 있지 않은 이 상황에 주목해주셨으면 싶습다. 정말이지, 후지모토 군은 언제까지 파파라치한테 쫓기는 셀럽 행세를 하려는 겁까."

"뭔가 쓸데없는 말이 섞인 것 같은데."

"기분 탓임다. 그쵸, 미츠키 씨."

"기분 탓이야, 우시쿠 양."

"뭐?!"

나도 모르게 그런 소리를 냈다. 왜 이 자식이 「미츠키 씨」라고 부르는 건데? 미츠키 씨도 평범하게, 정도가 아니라 사이가 좋아 보이고.

머릿속을 물음표로 가득 채우고 두 사람 얼굴을 번갈아 가며 쳐다봤다니, 규가 또다시 한심하다는 것처럼 어깨를 으쓱거리고 고개를 저었다.

"이래서 남자들은 안 된다는 검다. 무슨 라이트 노벨의 둔감 주인공임까."

"아니, 진짜로 모르겠거든."

그랬더니 미츠키 씨가 내 셔츠 옷자락을 잡아당겼다.

"저기 말이야, 나, 계속 치사토 군이랑 우시쿠 양 관계가 부러웠거든. 그래서 사실을 말하고, 옥상 일 덕분에 우시쿠 양이 따라다니지 않게 된 건 정말 고마웠어. 미안해."

"아니, 그건 뭐……."

나도 규를 괴롭히는 것보다 미츠키 씨랑 느긋하게 보내고 싶으니까 사과할 필요는 없는데.

"하지만 마미가 너무 심했던 것 같아. 치사토 군은 정말 착한 아이인데, 그렇게 오해하게 만들면 불쌍하잖아. 그래서 마미하고도 얘기해서, 연휴 시작하기 전에 방과 후에 우시쿠 양을 지구과학실로 불러서, 다시 한번 사실을 얘기했거든."

너무 놀라서 말도 안 나왔다. 나는 눈도 입도 크게 벌리고서 두 사람을 쳐다볼 수밖에 없었다.

규가 내 얼굴을 보면서 웃었다.

"헤헤헤. 호리우치 선생님까지 계셔가지고, 처음에는 무슨 짓을 당할지 정말 무서웠슴다. 하지만 그렇게 이야기를 다 듣고 나니까, 제가 두 분을 너무 함부로 생각했다는 걸 알았슴다."

"그래서 더 이상 우시쿠 양이 우리 얘기를 신문에 쓰는 일은 없을 거야. 오히려 우리를 응원한다고 말해줬어."

"그렇슴다."

그렇게 말하고, 규가 납작한 가슴을 자랑스럽게 내밀었다.

"그렇구나……."

그것밖에 할 말이 없었다.

눈앞이 살짝 일그러졌다. 미츠키 씨가 그렇게까지 나를 생각해줬다는 사실에, 그저 감사할 따름이다.

규가 세 번째로 어깨를 으쓱거렸다.

"그리고 언제까지 그런 합성 사진에 속을 리도 없지 않슴까."

"처음엔 완전히 속았으면서."

"그, 그건, 속은 척이었슴다. 이런 형태로 미츠키 씨한테서 진상을 알아내기 위한 연기였슴다!"

규가 당황해서 얼굴이 새빨개졌다.

나는 그런 규의 머리를 세게 쓰다듬었다.

"고마워, 규. 미츠키 씨도 고마워요."

"어지럽슴다! 그만하십쇼! 역시 본지에서 여러모로 규탄할 검다!"

위자료로 황금연휴 끝나고 한판 승부를 하나 사달라는 요구를 받았다.

"알았어. 하는 김에 500ml 팩 밀크티도 하나 사줄게."

"꼭임다?! 그럼, 뒷일은 젊은 분들께 맡기고 저는 펑, 하고 사라지겠슴다."

그렇게 말하고, 규가 가버렸다.

"……규는 옛날 사람 같다고 할까 아저씨 같다고 할까, 이상한 말을 하고 가버렸네요."

"우시쿠 양이 치사토 군이랑 동갑 맞지? 나보다 나이 많은 거 아니지?"

둘이서 얼굴을 마주보고 웃음을 터트렸다.

"미츠키 씨."

"응."

"고마워요."

내가 그렇게 말하자, 미츠키 씨가 내 팔을 꼬오옥 끌어안았다.

부드러운 재질의 옷을 입은 탓에, 내 팔이 미츠키 씨의 커다란 가슴에 묻혀버릴 것만 같았다.

동요한 나한테, 미츠키 씨가 머리까지 기대라는 것처럼 다가오면서 말했다.

"만약에 온 세상이 치사토 군 적이 된다고 해도, 난 끝까지 곁에 있어 줄 거야."

따뜻하고, 깊고, 감싸는 것 같으면서도 격렬한 마음이 담긴 그 말이, 내 마음속 한복판을 꿰뚫었다.

"미츠키 씨——."

그런 미츠키 씨의 마음에 말로 대답하는 대신, 일단 떨어져서 미츠키 씨의 손을 꼭 잡았다.

미츠키 씨가 깜짝 놀랐고, 눈에는 눈물이 고였다.

내가 먼저 손을 잡은 건 이번이 처음이었기 때문이다.

"치사토 군——."

"계속, 이 손을 놓지 말고 같이 걸어가요."

내 바람을 담아서 그렇게 말하자, 미츠키 씨가 수줍게 웃었다.

"——응."

"자, 수영복 보러 갈까요."

"응!" 미츠키 씨가 힘차게 고개를 끄덕였다. "조금 창피하지만, 치사토 군이 좋아할 만한 걸로 고를 거야. 하이레그 같이 대담한 건 어떨까?"

"하, 하이레그……?"

미츠키 씨가 웃는 얼굴인 채로 얼어붙었다.

"어젯밤에, 열심히 검색해서, 옛날에 들은 적이 있는 수영복을 찾아봤는데…… 이거, 세대 차이인가?"

"어, 아니, 그게~"

"남자애들이 좋아할 것 같은, 세, 섹시한 걸로……. 나도 입어 본 적은 없지만, 스기ㅇ토 아야*가 입었다고 유명하던데…… 혹시 몰라?"

"아, 아쉽게도……."

충격받은 미츠키 씨를 앞에 두고, 급하게 스마트폰을 꺼내서 검색했다.

그러니까, 주로 여성용 속옷이나 수영복 디자인의 일종. 사타구니에 파고드는 것 같은 팬티…….

"안돼요, 안 돼. 절대로 안 돼요."

『슈퍼 스ㅇ리트 파이터Ⅱ』에 나오는 영국 첩보부대 여자아이가

---

*스기모토 아야. 1968년생. 일본의 모델, 연기자

입은 옷이라고 하면 나도 알았을 텐데.

내 이성이 버티지 못하는 건 물론이고, 다른 사람한테 그런 모습을 절대로 보여주고 싶지 않으니까.

그리고 하이레그 수영복이 유행했던 건 버블 때잖아. 얼마 전에도 잠깐 유행한 것 같지만, 세대 차이라기보다는 너무 오래됐어. 미츠키 씨, 오늘 그거 사려고 신이 났던 건가?"

"그럼 말이야, 파레오 같은 귀여운 건 어떨까?"

"파, 파레오……?"

미츠키 씨가 또다시 웃는 얼굴인 채로 굳어버렸다.

"이것도 세대 차이? 파레오도 옛날 거야?"

"아, 아뇨, 그냥 제가 여성용 수영복에 대해 잘 몰라서─"

또 검색……. 그렇구나, 이게 파레오구나.

그나저나 열심히 여성용 수영복을 검색하고 있는 나는 대체…….

우리가 부산을 떤 탓에, 점원 분이 "고객님, 찾으시는 수영복 있으세요?"라고 물으면서 다가왔다. 수영복 코너에 있는 것만 해도 창피해 죽겠는데, 점원분이 말까지 거니까 도망치고 싶어졌다.

하지만 하이레스도 파레오도 나한테 통하지 않는다는 이유로 세대 차이를 느끼고 완전히 혼란에 빠져버린 미츠키 씨는 더 위험했다.

"제, 제가 말이죠, 이래 봬도 벗으면 엄청나거든요. 그이를 완전히 반하게 만들고 싶으니까, 엄청난 수영복 주세요! 역시 하이레그가 제일 좋겠죠?!"

"미츠키 씨, 진정하세요?!"

내가 미츠키 씨 손을 잡고 달래려고 하자, 미츠키 씨 얼굴이 더 새빨개졌다.

"호냐아아아아! 또 손을 잡았어요──."

그런 미츠키 씨의 반응을 보고, 점원분이 어째선지 날 보고 웃으면서 말했다.

"행복해 보이시네요."

살짝 놀랐지만, 나도 웃는 얼굴로 말했다.

"예, 아주요."

내가 그렇게 말하자 미츠키 씨도 수줍어하면서 고개를 끄덕였다.

주위의 시선이 신경 쓰인다는 점. 언젠가 부모님께 둘의 관계를 보고해야 한다는 점. 둘이서 장래를 정해나가야 한다는 점.

평범한 교제에도 똑같은 문제가 잔뜩 있다.

우리 경우에는 두 사람의 나이 차이라는 쓸데없는 문제가 하나 더 있을 뿐이고.

그것은 장애물도 마이너스도 아니다.

우리 둘만의 독특한 개성이다.

앞으로 여름이 오고, 가을이 오고, 겨울이 오고.

그때마다 우리는 추억을 쌓아가겠지.

가끔씩 싸우기도 하면서.

때로는 어떻게 해야 좋을지 모르는 사태 때문에 고민도 하면서……

그래도, 난 꼭 뛰어넘을 거야.

지금 잡고 있는, 이 미츠키 씨의 따뜻한 손에 걸고 맹세한다―.

에필로그 2 👓

　룸 셰어라는 이름의 동거 생활이 시작된 지 한 달 가까이 지났습니다.

　참 많은 일들이 있었지.

　치사토 군의 반응이 너무 귀여워서 가끔씩 야한 짓도 했는데, 나, 남자랑 사귀어본 적이 없어서 정말 조마조마했다니까.

　"빨리 안 주면 버림받을 거야"라고, 마미가 엄청난 조언을 했지만…… 지금은 아직 무리야! 조금만 더 기다려줘. 미안해, 치사토 군…….

　나도…… 계속 널 기다리고 있었으니까.

　치사토 군은 벌써 잊어버렸겠지만, 솔직히 말하자면 나, 네가 중학생 때 만난 적이 있거든?

　그것은 지금으로 3년 전, 내가 교생 실습을 나왔던 때.

　잊어버릴 만도 하지. 왜냐하면 지금보다 체중이 15kg이나 더 나갔으니까…….

　그때 너는 교생인 내 수업도 무표정한 얼굴로 듣고 있었어.

　수업 내용은 완벽하게 이해하고, 그러면서 더 깊이 들어간 내용도 알고 싶어 해서, 난 치사토 군은 정말 똑똑하구나~ 하고, 중학생 상대로 조금 부럽다는 생각까지 했어.

그런데 수업이 끝나면 노골적으로 마음을 닫는 분위기였기 때문에 더 잘 기억하고 있어.

내가 뚱뚱해서, 사실은 날 싫어하는 게 아닌가 싶었지만……
사실은 그 무렵에 치사토 군네 어머니가 돌아가셨기 때문이었어.

내가 그것을 알게 된 건 교생 실습이 거의 끝나갈 때였어.

마침 체육대회 날이어서 우리 반 농구 시합을 응원하고 있는데, 치사토 군은 혼자서 조금 떨어진 곳에 앉아 있었지.

"후지모토 군, 괜찮나요."

"예."

수수한 여자인 나는 더 이상 무슨 말을 해야 좋을지를 몰랐다.

하지만 마침 내도 1년 전에 어머니가 돌아가서, 네 마음에 가까이 다가가고 싶었거든.

그런데──.

치사토 군이 편하게 자기 마음을 얘기할 수 있게 우리 어머니 얘기를 했더니 오히려 날 달래줬지.

너는 '사실은 저도 얼마 전에 어머니가 돌아가셔서……'라는 말은 해줬지만, 자기가 얼마나 힘들고 슬픈지는 한마디도 안 했어.

열 살이나 어린 네 상냥한 마음에 눈물이 멈추지 않았지.

하지만, 네가 그렇게 상냥했기 때문에, 네 눈을 봤더니 그냥 둘 수가 없어서…….

솔직하게 말할게요.

치사토 군, 나는 그때부터 네가 좋았어.

그래서 그때 약속했었지. '치사토 군이 고등학생이 되고 열여덟 살이 되면…… 가족이 되자. 그러면 내가 항상 내가 좋아하는 햄버그스테이크를 만들어줄게'라고.

　그것도 분명히 프러포즈, 였거든? 교생 실습 때 너랑 같이 찍은 사진은 내 보물이야.

　내가 사는 집 옆집에 이사 온 사람이 너라는 걸 알았을 때의 감동은, 말로 표현할 수 없을 정도였어.

　하지만, 날 기억하지 못했었지.

　당연한 얘기야.

　아무래도 다시 만났을 때는 건어물녀 모습이었으니까.

　내가 생각해도 최악의 사태라고, 눈앞이 캄캄해졌었어.

　교생 실습이 끝난 뒤에 너와 다시 만날 거라 믿고, 나, 정말 열심히 다이어트까지 했는데, 그때는 정말 울고 싶었어…….

　하지만, 그 뒤에 나는 일생일대의 용기를 짜냈다.

　건어물녀가 뭐 어쨌다는 거야. 지금의 널 알고 싶어서, 네 뒤를 잘 따라다니고, 계속 참았던 라멘 가게도 두 군데나 가면서, 그라비아 화보 취미도 체크하고. 아, 분명히 말해두는데, 나, 혼자서는 그런 야한 데는 안 가거든!

아아, 하지만 너는 정말 멋진 남자로 성장했어.

두 번째로 한눈에 반하고(표현이 좀 이상한가?), 입학식 날 프러포즈했을 때는, 내가 생각해도 이건 아니다 싶었지만── 받아들여 줘서 정말 기뻤어.

그 뒤로 매일매일 정말 꿈만 같았지.

제일 난처했던 일은 우시쿠 양 일이었지만, 마미 도움도 받아서 잘 해결됐으니 정말 다행이야. 아냐, 방심하면 안 돼. 계속 긴장해야지!

그리고 황금연휴.

같이 손을 잡고 시내를 돌아다닌 뒤에 집에 돌아왔어.

드디어 저질러버렸어.

누가 보기라도 하면 어쩌나 싶기도 했지만, 정말 기뻤어.

"항상 이렇게 당당하게 돌아다니고 싶네요"라고, 치사토 군도 그렇게 말해줬지.

씩씩하고, 멋지고, 최고야.

누나는 정말 기뻐.

그렇게 해서, 오늘 사 온 올해 최신 트렌드인 비키니를 입어봤는데, 치사토 군은 얼굴이 새빨개져서 엄청나게 당황했지.

나름대로 노력해서 귀엽고 섹시한 비키니를 골랐는데, 왜 그러는 걸까.

시선은 느껴진 걸 보면 좋아한다고 봐야겠지?

많이 모자란 몸이지만, 앞으로 잘 부탁할게.

……하지만, 미츠키는 모른다.

치사토의 책상 서랍 안쪽에 한 장의 사진이 소중하게 보관돼 있다는 사실은.

그 사진에는 중학생 시절의 치사토와 약간 통통하고 햄버그스테이크를 좋아한다고 말했던 교육실습 나온 여대생이 찍혀 있다는 사실을——.

(끝)

옆집에 사는 제자와
결혼하고 싶은데,

어떻게 해야
OK를 받을 수 있을까요?

작가 후기

여러분 안녕하세요. 엔도 료입니다. 「옆집에 사는 제자와 결혼하고 싶은데 어떻게 해야 OK 해줄까요? 1」을 구입해주셔서 정말 감사합니다.

생각해보면 제 고등학교 시절은, 입학했을 당시에는 마음이 아직 중학생 시절에 남아 있는 상태였는데, 어느샌가 대학 입시를 위한 나날에 쫓기면서 순식간에 지나가 버렸다는 그런 느낌이었습니다.

그런 제가 고등학생 러브코미디를 쓰게 될 줄이야…….

만약 이렇게 될 줄 알았다면 좀 더 다른 고등학교 생활을 해야 했던 게 아닌가 싶기도 합니다만, 역시 똑같은 고등학교 생활을 보내게 될 것 같은 기분도 듭니다.

이 작품의 플롯을 작성하는 단계에서 담당 편집자 Y 씨께서 "엔도 씨의 실제 체험도 들어가 있나요"라는 아주 민감한 질문을 하셨는데, 현명한 독자 여러분께서 이미 눈치채셨겠지만, 들어갔을 리가 없습니다.

하지만 사춘기에 연상 여성이 멋지게 보이는 것은 어지간한 남자들이 경험하는 일이 아닐까요. 응석을 받아주는 누나이자 응석을 부려주는 연인이니까요.

그런 멋진 연상 여성이 학교 선생님이라면…… 같은 얘기는 꿈

또는 망상, 남자라면 한 번쯤 품는 생각일 겁니다. 아니라는 말은 하지 마세요. 실제로 학교 선생님을 좋아하는 사람도 있을 테니까.

그 뒤에 좋아하는 상대에 대해 누군가가 수수하다느니 시시하다느니 말한다고 해도, 자신만이 알고 있는 그 사람의 매력 같은 것들이 보이지 않나요? 니들이 보는 눈이 없는 거야, 라고 마음속으로 우월감을 품는 순간. 이건 짜증 나는 일일 수도 있고 나중에 생각해보면 엄청나게 창피한 일일 수도 있지만, 정말 중요한 일이라고 생각합니다. 좋아하는 사람이 너무 멋져 보여서 미칠 지경이다── 이건 정말 행복한 일이라고 생각합니다.

그런저런 것들을 담아서, 수수한 교사 미츠키 씨, 초절미인 모드 미츠키 씨, 건어물녀 미츠키 씨, 그리고 연인으로서 행복하게 웃는 미츠키 씨를 잔뜩 써봤습니다. 연상 여성의 귀여움에 싱글싱글 웃어주신다면 정말 감사하겠습니다.

마지막으로 이 이야기가 책으로 나오게 해주신 오버랩 문고 편집부 여러분을 비롯한 모든 분들께 진심으로 감사드립니다.

특히 사사모리 토모에 선생님은 멋진 일러스트로 미츠키 씨의 매력을 충분하고도 남을 만큼 그려주셨습니다. 정말 감사합니다. 일러스트를 보기만 해도 정말 최고입니다.

무엇보다, 모든 독자 여러분께, 진심으로 감사드립니다.

앞으로도 잘 부탁드리겠습니다.

2019년 4월 엔도 료

I want to marry my student who lives next door, and how can I get OK? 1
© 2019 Ryo Endo/OVERLAP
First published in Japan in 2019 by OVERLAP, Inc.
Korean translation rights reserved by Somy Media, Inc.
Under the license from OVERLAP, Inc., Tokyo JAPAN

**옆집에 사는 제자와 결혼하고 싶은데,
어떻게 해야 OK를 받을 수 있을까요? 1**

2019년 12월 14일 1판 1쇄 발행
2019년 12월 31일 1판 2쇄 발행

저   자 엔도 료
일 러 스 트 사사모리 토모에
옮 긴 이 김정규
발 행 인 유재옥
본 부 장 조병권
담 당 편 집 정영길
편   집 김다솜, 김민지, 박상섭, 이문영, 이성호, 정영길, 조찬희
미   술 강혜린 박은정
라 이 츠 담 당 박선희 김슬비
디 지 털 전준호 박지혜
발 행 처 ㈜소미미디어
인쇄제작처 코리아피앤피
등   록 제2015-000008호
주   소 서울 마포구 토정로 222, 403호(신수동, 한국출판콘텐츠센터)
판   매 ㈜소미미디어
마 케 팅 한민지 한주원
물   류 허석용 최태욱
전   화 편집부 (070)4164-3962, 3963 기획실 (02)567-3388
            판매 및 마케팅 (070)4165-6888, Fax (02)322-7665

ISBN 979-11-6507-041-0 04830
ISBN 979-11-6507-040-3 (세트)